Scherz Krimi

Spannung mit Niveau

Von Edgar Wallace sind erschienen:

A. S. der Unsichtbare
Bei den drei Eichen
Die Bande des Schreckens
Der Banknotenfälscher
Die blaue Hand
Der Brigant
Der Derbysieger
Die Diamantenbrosche
Der Diamantenfluß
Der Doppelgänger
Die drei Gerechten
Die Drei von Cordoba
Ein gerissener Kerl
Der Engel des Schreckens
Der Frosch mit der Maske
Das Gasthaus an der Themse
Die gebogene Kerze
Geheimagent Nr. 6
Das Geheimnis der gelben Narzissen
Das Geheimnis der Stecknadel
Das geheimnisvolle Haus
Die gelbe Schlange
Das Gesicht im Dunkel
Großfuß
Der grüne Bogenschütze
Der grüne Brand
Gucumatz der Allmächtige
Hands up!
Der Hexer
Das indische Tuch
Der Joker
Louba, der Spieler
Mary Ferrera spielt System
Der Mann, der alles wußte
Die Millionengeschichte
Der Mixer
Neues vom Hexer (Kurzgeschichten)
Penelope an Bord der Polyantha
Der Rächer
Richter Maxells Verbrechen
Der rote Kreis
Der Safe mit dem Rätselschloß
Die Schuld des anderen
Der schwarze Abt
Der sechste Sinn des Mr. Reeder
Die seltsame Gräfin
Der Teufel von Tidal Basin
In den Tod geschickt
Töchter der Nacht
Die toten Augen von London
Die Tür mit den 7 Schlössern
Turfschwindel
Überfallkommando
Der Unheimliche
Die unheimlichen Briefe
Das Verrätertor
Der viereckige Smaragd
Die vier Gerechten
Zimmer 13
Der Zinker

Edgar Wallace

Der Mixer

Scherz
Bern München Wien

Ungekürzte und neu überarbeitete Fassung der
einzig berechtigten Übertragung aus dem Englischen
Titel des Originals: »The Mixer«
Schutzumschlag von Heinz Looser
Foto: Thomas Cugini

1. Auflage 1993, ISBN 3-502-51452-6

Gesamtherstellung: Ebner Ulm

Wie Pony Nelson ausgetrickst wurde

Pony Nelson hatte abgesahnt, ihm war der größte Fischzug seit Jahren gelungen. Mit diesem Coup stellte er alle seine Konkurrenten weit in den Schatten. Das ist eine lange Geschichte, die wenig mit der nachfolgenden Erzählung zu tun hat, aber es ging dabei um mehr als fünfunddreißigtausend Pfund. Pony, der ungekrönte König der Trickdiebe und der größte und gerissenste Kartenhai, der je beim Pokern mitgemischt hatte, leistete saubere Arbeit. Er mußte teilen, versteht sich, aber Pony hatte eine einträgliche »Saison« gehabt und konnte es sich leisten, gegenüber dem Rest der Bande den Großzügigen zu spielen.

Er hatte vorgehabt, während des Sommers eine ruhige Kugel zu schieben – vielleicht mit dem Wagen eine Tour in den Westen Englands zu unternehmen und ein paar Wochen flußaufwärts durch die Gegend zu fahren. Seine Pläne waren so weit gediehen, daß er gerade die Bedingungen für die Teilnahme an einer Jagd in Schottland aushandelte, als Bradley von der Central Police Investigation ihn heimlich wissen ließ, daß Ärger im Anmarsch sei. Der unerwünschte Inspektor Sennet, der seine ganze Zeit und Aufmerksamkeit solchen Gesetzesverstößen widmete, wie sie zu Pony Nelsons Spezialität gehörten, habe sich an seine Fersen geheftet und brauche nur noch ein paar läppische Indizien, um Mr. Nelson dorthin zu bringen, wo kein Hund ihn beißen und keine Katze seinen Schlummer stören würde.

Daraufhin setzte Pony unverzüglich alles in Bewegung und ließ überall verkünden, daß sein Paß in Ordnung sei und er am nächsten Morgen nach Südfrankreich abreise, da er seine Pläne geändert habe. Kurz darauf versammelte sich im Seven Feathers in Soho alles, was in einschlägigen Kreisen Rang, Namen und ein Höchstmaß an Fingerfertigkeit besaß – mit einem Wort die »Nelson-Bande«, wie sie überall genannt wurde.

Simmy Diamond, Colethorpe, May Bluementhal und Chris O'Heckett nahmen an dem üppigen Festmahl teil, das Pony zum Abschied spendierte, und der Wein floß in Strömen. Von diesen Namen muß man übrigens kaum einen behalten, da die meisten Träger ihre Identität nachfolgend gegen eine Nummer eintauschten und in Vergessenheit gerieten. Sie sind nur für den Augenblick von Belang, um den Leser darauf aufmerksam zu machen, daß der Mixer nicht anwesend war. Er gehörte nicht zu den Mitgliedern der Nelson-Bande, obwohl man mit Fug und Recht behaupten darf, daß er ganz ausgezeichnet über Mr. Nelson, seine Gewohnheiten, seine Schwächen und seine Pläne informiert war.

»Du bist ein echter Glückspilz«, sagte May, die dicht neben Pony saß. Er lachte glucksend.

»Nun, die Dinge könnten schlechter stehen«, erwiderte er selbstgefällig. »Aber ich hasse den Gedanken, mich im Ausland rumzutreiben, während hier die Saison beginnt, das Geld auf der Straße liegt und nur darauf wartet, aufgehoben zu werden.«

Er schüttelte den Kopf in gespieltem Bedauern, doch möglicherweise war sein Bedauern nicht gänzlich vorgetäuscht. Pony setzte sich nun mal gerne in Pose, wie alle großen Künstler. Er paßte sich nur der Atmosphäre der Schmeichelei an, in der er, für den Augenblick, seine Person in den Vordergrund rücken oder, um es vulgär auszudrücken, protzen konnte.

»Ja«, fuhr er gedankenverloren fort, »da ist eine Unmenge Zaster für euch drin, und obwohl ich euch das Geld natürlich gönne, schmeckt mir der Gedanke gar nicht, für eine Weile aus dem Rennen auszuscheiden.«

Er hielt inne, und seine Augen begannen zu funkeln.
»Ich fahre morgen früh«, sagte er bedächtig, »mit dem Zug um acht Uhr. Meine Koffer habe ich bereits gepackt und im Schließfach im Bahnhof verstaut.«
Er machte erneut eine Pause, und alle lauschten mit bewundernden Blicken und angehaltenem Atem, denn Pony war ein wahres Genie und gab bisweilen denkwürdige Weisheiten von sich, die selbst in den niederen Sphären der Unterwelt wiederholt wurden.
»Die Reise wird teuer werden«, sagte der launenhafte Mr. Nelson, wobei seine Augen nun schalkhaft lächelten. »Alles zusammengenommen – die Kosten für die Zugfahrkarte und die Fähre über den Ärmelkanal, meine Auslagen in Paris, Trinkgelder für die Kofferträger und so weiter –, schätze ich, daß ich rund hundert Pfund hinblättern muß.«
Diese Worte wurden mit süffisantem Lächeln aufgenommen, denn hatte Pony nicht den größeren Teil der rund fünfunddreißigtausend Pfund in verschiedenen Taschen gehortet, geheimen und offenen?
May ging als erste ein Licht auf, was er damit andeuten wollte.
»Sei kein Narr, Pony«, sagte sie ernst. »Laß die Finger davon. Du gehst jetzt nach Hause, legst dich ins Bett und nimmst morgen um acht den Zug nach Frankreich. Ich weiß, was du im Sinn hast.«
»Und das wäre?«
»Du willst ein Ding drehen, um an das Fahrgeld zu kommen. Und morgen früh wird ein ganzes Polizeiaufgebot an der Victoria Station auf dich warten. Sennet ist dir auf den Fersen, und ein einziger Schnitzer heute nacht könnte dich ins Kittchen bringen.«
Pony lachte. »Die Bullen sind seit Jahren hinter mir her, und noch bin ich auf freiem Fuß, oder etwa nicht? Und warum sollte ich in letzter Minute alles aufs Spiel setzen? Nein, May, wenn ich heute nacht ein Ding drehe, dann nur ein todsicheres, und genau das werde ich tun.«

Es war Simmy, der May zustimmte und ebenfalls glaubte, eine Warnung zum besten geben zu müssen.
»Du forderst das Unheil geradezu heraus, Pony. Ich habe miterlebt, wie einige der fähigsten Männer unserer Bande aus dem Verkehr gezogen wurden, weil sie sich nicht damit zufriedengeben konnten, was sie schon besaßen, sondern immer noch ein bißchen mehr wollten. Du bist schließlich kein unbeschriebenes Blatt. Selbst der Bulle, der Streife geht, weiß, daß du die Finger bei solchen krummen Sachen im Spiel hast, und Scotland Yard konnte dich nur noch nicht festnageln, weil ihnen hieb- und stichfeste Beweise fehlen. Wo du auch bist, sie werden dich scharf im Augen behalten, und, was noch schwerer wiegt, es sieht dir nicht ähnlich, ohne ausreichende Vorbereitung und genügend Sicherheitsvorkehrungen an die Arbeit zu gehen. Wie kannst du dir den Rücken freihalten, wenn du nicht einmal genau weißt, was für ein Ding du drehen willst?«
Die anderen sahen das genauso wie Simmy, und ein beifälliges Murmeln war zu vernehmen. Aber Pony Nelson war voll des guten Weines und darüber hinaus aufgeregt angesichts der Aussicht auf einen Urlaub. Es stimmte, er hatte einen guten Fang gemacht und im Verlauf seines Beutezugs ganz nebenbei einen Mann und zwei Frauen ruiniert. Und es stimmte auch, daß er über genug Geld verfügte, um ein Jahr oder auch zwei Jahre sorglos davon zu leben, und daß diese Zeit ihm Muße und Gelegenheit geben würde, noch größere Coups auszuhecken.
Aber er konnte sich des Gefühls nicht erwehren, daß er einen Ruf als unerschrockener Draufgänger und genialer Planer zu verteidigen hatte, und er setzte großes Vertrauen in seinen guten Stern.
»Ich glaube, einige von euch würden auch ganz gern Urlaub machen«, erwiderte er sarkastisch. »Was für eine Laus ist euch denn über die Leber gelaufen? Ihr nehmt doch wohl nicht an, ich würde schnurstracks zum nächstbesten Juweliergeschäft marschieren, die Fensterscheibe

zertrümmern und eine Handvoll Uhren mitgehen lassen? Oder glaubt ihr, daß ich mich zum Piccadilly begebe, wo die Bullen wie die Motten ums Licht herumschwirren, und irgendeinem alten Schlitzauge eins über die Rübe ziehe? Ich sage euch, ich werde mir die hundert Pfund für meine Ausgaben beschaffen, und zwar ganz einfach.«

Er hatte noch keinen konkreten Plan, aber er war zum Bersten voll mit Wein und Optimismus.

»Was du dir wünschst, ist ein verdammtes Wunder«, brummte Simmy.

Und dann geschah das Wunder.

Das Seven Feathers Café und Restaurant nahm das Erdgeschoß und die erste Etage des Hauses ein. Pony hatte für sein Festmahl die Räumlichkeiten zu ebener Erde gewählt, weil sie ihm die Möglichkeit boten, das Kommen und Gehen zu beobachten. Das kleine Speisezimmer bestand eigentlich nur aus einer Nische, die mit einem Vorhang abgetrennt war und in die nicht mehr als drei Tische paßten, für das heutige Essen ein großer. Im Hauptraum befand sich eine kleine Bar mit einem Barkeeper, der bei Kennern in dem Ruf stand, ausgezeichnete Cocktails zu servieren.

Obendrein gab es im Erdgeschoß drei Ausgänge, was Pony ebenfalls berücksichtigt hatte, denn er war trotz aller augenscheinlichen Sorglosigkeit ein sehr vorsichtiger Mann. Von seinem Platz aus hatte er durch einen Schlitz im Vorhang das Café voll im Blick; in dem Moment, in dem Simmy seine hämische Bemerkung machte, kreuzten zwei junge Männer Ponys Gesichtsfeld, die sich schwankend ihren Weg vom Eingang zur Bar bahnten. Wenn er sie nicht gesehen hätte, hätte er sie zweifellos gehört, denn zumindest der eine war laut und nahe daran zu krakeelen. Schlagartig hellwach, griff Pony zum Vorhang und verbreiterte den Spalt. Er war ein Mann, der eine Möglichkeit bis in die Fingerspitzen witterte, und irgendwie spürte er, daß mit der Ankunft dieser neuen Gäste das Wunder Gestalt annahm, das Simmy verhöhnt hatte.

Er hob seine Hand, um die Runde zum Schweigen zu bringen, aber das war gar nicht nötig, denn alle hatten den Ausdruck seines Gesichts richtig gedeutet.
Der lautere der beiden Neuankömmlinge stritt gerade mit dem Barkeeper. Es war keineswegs ungewöhnlich für die gutbetuchte Jugend von London, einen Abstecher ins Seven Feathers zu machen, denn der Ruhm seiner Cocktails war weit verbreitet. Diese beiden trugen tadellose Abendgarderobe. Sie waren nicht nur gut gekleidet, sondern geradezu geckenhaft herausgeputzt. Ihre Spazierstöcke mit dem goldenen Knauf hatten sie lässig unter den Arm geklemmt, und aus der Tasche des stattlichen jungen Mannes, der gerade herumstritt, hing eine Uhr an einer Kette hinunter, deren Deckel mit Brillanten besetzt war. Sein Begleiter wirkte eine Spur älter, weniger ansehnlich, weniger ausgelassen, aber ganz offensichtlich nicht weniger betrunken.
»Wartet hier«, befahl Pony mit leiser Stimme und schlüpfte aus der Nische, denn bei ihm hatte es gefunkt. Er trug ebenfalls Abendkleidung, und das mit solcher Noblesse, daß niemand ihn mit einem Kellner verwechselt hätte. Er schlenderte durch das Café in Richtung Bar, die Hände in den Taschen, eine Zigarre im Mundwinkel, und wandte sich, ohne Anstalten zu machen, sich den Fremden vorzustellen, direkt an den Barkeeper. Es bestand auch gar keine Notwendigkeit, ihre Bekanntschaft zu suchen, denn der Jüngere torkelte auf ihn zu und legte ihm leutselig die Hand auf die Schulter.
»Trinken Sie ein Glas mit, auf unsere Rechnung, altes Haus. Wir haben einen Haufen Geld, und die Nacht ist noch lang.«
Pony setzte einen freundliche Miene auf.
»Ich pflege in der Regel nicht mit Fremden zu trinken«, sagte er.
»Vergessen Sie den Quatsch, altes Haus. Die Nacht hat gerade erst angefangen, und ich habe heute Geburtstag.«

»So ist es, und das muß gefeiert werden«, fügte sein Freund hinzu und forderte Pony mit einer unsicheren Handbewegung auf, näher zu treten.
Pony zögerte, aber schließlich nahm er die Einladung an. Man trank mit feierlicher Miene auf die gegenseitige Gesundheit, und der junge Mann, der ihn als erster angesprochen hatte, griff in seine Tasche und zog ein Bündel Geldscheine von so beachtlicher Dicke und mit so hohem Nennwert heraus – Pony sah aus dem Augenwinkel, daß es Zwanzig-Pfund-Noten waren –, daß der einzige in der Runde, der einen klaren Kopf besaß, auf der Stelle einen Plan faßte.
Die Unterhaltung plätscherte mühelos dahin. Der stattliche junge Mann besorgte das Reden, und sein Begleiter pflichtete ihm begeistert bei. Hauptsächlich sprach er über sich und seinen Freund. Er erzählte keine Einzelheiten, aber Pony schloß aus den Andeutungen, daß ihre Väter während des Kriegs auf nicht ganz astreinem Weg Handel getrieben und gut dabei verdient hatten. Er folgerte obendrein, daß sie beide in der Armee dienten, aber was ihn mehr als alles andere interessierte, war ein kleines Spiel, das sie unter sich veranstalteten.
Der Ablauf war einfach. Der eine legte einen zusammengefalteten Geldschein auf die Theke und forderte den anderen auf zu raten, ob es sich bei der letzten Zahl auf der Kopfseite der Banknote um eine gerade oder ungerade handelte. Pony überließ sie dieser kurzweiligen Beschäftigung und kehrte zu seinen Freunden zurück.
»Das Wunder ist geschehen, Simmy«, sagte er mit verhaltener Stimme und fügte, May Bluementhal ansehend, hinzu: »Ich werde deine Hilfe brauchen, May. Ist deine Wohnung in der Albany Street für Besucher verfügbar?«
Sie schürzte zweifelnd die Lippen. »Du wirst sie doch wohl nicht dorthin bringen, oder?«
Er nickte. »Ich will nur einen Hunderter dabei herausholen, versteht ihr. Diese Knaben haben Tausende; für sie ist das ein Klacks.«

Mays Gesichtsausdruck veränderte sich. »Das ist etwas anderes«, sagte sie. »Was soll ich tun?«
Pony umriß kurz seinen Plan. Gleich darauf gesellte er sich wieder zu den beiden jungen Männern an der Theke.
»Leider muß ich euch verlassen, Jungs. Tut mir wirklich leid, aber ich speise mit einer Dame, und wenn sie sieht, was ihr hier für Spielchen treibt, werdet ihr sie nie wieder los, denn sie ist eine eingefleischte Spielerin.«
»Genau die Sorte, die mir gefällt«, erwiderte derjenige, der Geburtstag hatte, aber Pony schüttelte den Kopf.
»Ich weiß, was wir machen«, sagte er, als sei ihm der Gedanke soeben erst gekommen. »Wir bringen sie gemeinsam nach Hause, und dann werde ich euch den heißesten Nachtclub der Stadt zeigen.«
Der Vorschlag wurde mit Freudengeschrei aufgenommen. Pony ging zur Nische und war augenblicklich mit May zurück, einer schüchternen, bescheidenen jungen Dame, die offenbar nur den einen Wunsch hatte, so schnell wie möglich nach Hause gebracht zu werden.
Die jungen Männer, deren Namen zu erfragen Pony nicht der Mühe für wert befunden hatte, hatten bereits ein Taxi bestellt, das vor der Tür wartete. Der Rest der Bande beobachtete, wie die vier in die stürmische Nacht hinausfuhren.
»Er fordert den Ärger geradezu heraus«, schimpfte Simmy, als er zum Tisch zurückkehrte. »Mir schmeckt das Ganze gar nicht. Hast du je einen Bullen kennengelernt, der nicht wie einer aussah? Das sind Einfaltspinsel!«
Abgesehen davon, daß die beiden jungen Männer während der ganzen Fahrt zur Albany Street ununterbrochen sangen, gab es keine außergewöhnlichen Vorkommnisse. Als sie sich der Wohnung näherten, äußerte May den Wunsch, anzuhalten und den Rest des Weges zu Fuß zu gehen, obwohl ein leichter Nieselregen fiel. Die beiden würden am nächsten Morgen vielleicht keine Erinnerung mehr an das Geschehen haben, aber der Taxifahrer

war auf jeden Fall nüchtern und könnte Auskünfte geben, die eindeutig unangenehm wären.
Die beiden jungen Männer gingen bereitwillig auf ihren Vorschlag ein, stiegen aus dem Auto und bezahlten den Taxifahrer. Dann machten sie sich alle auf den Weg zu Mays Wohnung. Als sie dort waren, trat May ein, und die anderen folgten ihr.
Die Besucher fanden sich in einem sehr eleganten Apartment wieder, aber offenbar waren sie nicht sonderlich beeindruckt. Pony gelang es, May beiseite zu nehmen, und er sprach mit leiser Stimme auf sie ein. Dann kehrte er zu den beiden Prahlhälsen zurück.
»Miss Johnston will euch Jungs nicht gehen lassen, bevor ihr nicht einen Schluck getrunken habt. Doch ich glaube, ihr hattet bereits genug, oder?«
»Überhaupt nicht«, protestierte der Redseligere. »Und danken Sie Miss Johnston in unserem Namen.«
Pony zögerte. »Sie wollte wissen, ob ihr vielleicht Lust hättet, eine Runde Bakkarat zu spielen. Aber darauf würde ich mich an eurer Stelle nicht einlassen. Sie ist ein echter Glückspilz und eine leidenschaftliche Spielerin, wie ich euch bereits sagte.«
»Ich liebe Bakkarat. Her mit den Karten, alter Junge.«
»Ich möchte nicht spielen«, erklärte Pony kopfschüttelnd. »Und nebenbei bemerkt, kann ich Glücksspiele nicht gutheißen.«
Sie schlugen ihm aufmunternd auf den Rücken, pufften ihn in die Rippen und bekundeten so viel gute Laune, daß er sich am Ende doch noch dazu bewegen ließ, mitzumachen.
May holte die Karten, und das Spiel begann.
Zunächst gewannen die jungen Männer, doch schon bald ließ ihre Glückssträhne nach. Sie zahlten ihre Spielschulden, ohne sich zu beklagen, und der Stapel Banknoten unter Mays Hand wuchs stetig. Pony, der seine Gewinne im Kopf überschlug, sah, daß schon zweitausend Pfund in die Spielkasse geflossen waren, und beschloß in

Gedanken, seine Vereinbarung mit May entsprechend zu ändern.
Und nun war der unausweichliche Augenblick gekommen.
»Ich bin pleite«, sagte der ältere der beiden. »Leih mir fünfzig, Anthony.«
Aber der andere schüttelte den Kopf. »Ich habe noch genau zwanzig Pfund übrig, und die werde ich setzen«, erwiderte er.
Er spielte und verlor, und eine Zeitlang herrschte tiefes Schweigen, das nur vom Rascheln der Geldscheine unterbrochen wurde, die May mit geschickten, flinken Fingern zählte.
»Pech gehabt«, sagte Pony. »Jetzt braucht ihr Jungs aber was zu trinken. Seid ihr völlig blank? Ich kann euch fürs erste fünfzig leihen.«
Doch die jungen Männer lehnten sein großzügiges Angebot mit einer Handbewegung ab. May schenkte auf dem Sideboard zwei Gläser Wein ein und stellte sie dann auf den Tisch. Der schweigsamere junge Mann ging langsam zur Tür hinüber, die Hände in den Taschen, während sein Freund sein Glas hochhob und daran roch.
»K.-o.-Tropfen«, stellte er zufrieden fest, und Pony starrte ihn an.
Seine Augen wurden noch größer, als ihm dieser das Glas hinhielt.
»Trinken Sie das!«
»Was soll das heißen?« fragte Pony.
»Austrinken!« befahl der Bursche, und in diesem Augenblick war ein Klicken zu vernehmen; der andere hatte die Tür zugesperrt.
Pony fuhr herum und sah gerade noch, wie der ältere der beiden den Schlüssel nahm und in seine Tasche steckte.
»Was zum Teufel wird hier gespielt?«
»Ein großes Spiel, Pony«, sagte der Mann mit dem Glas. »Trinken Sie das, oder ich werde Ihnen ein paar Kugeln verpassen, daß Ihr Magen wie ein Sieb durchlöchert ist.«

May stürzte sich auf ihn zu, aber der junge Mann, der die Tür abgeschlossen hatte, sprang vor, umfing sie mit den Armen und hielt sie wie in einem Schraubstock fest.
»Lassen Sie mich los!« schrie sie mit gellender Stimme. »Ich rufe die Polizei. Pony, was stehst du da herum und siehst tatenlos zu, wie ...«
»Beruhigen Sie sich«, murmelte der Bursche, der sie festhielt.
»Ja, beruhigen Sie sich«, sagte sein Freund. »Und was immer Sie auch zu tun beabsichtigen, Sie sollten die Polizei nicht einschalten. Pony wird Ihnen erklären, warum.«
»Also, was wird hier gespielt?« Pony war jetzt ganz ruhig, und alle seine Sinne waren hellwach.
»Zunächst einmal werde ich Sie um das Geld erleichtern, das Sie uns mittels Ihres gezinkten Kartenspiels auf so ungastliche Weise abgeknöpft haben.« Er nahm May die Banknoten aus der Hand und ließ sie in seiner Tasche verschwinden. »Sie können sich das Glas gerne eine Weile ansehen, Pony«, fuhr er fort und deutete auf den Wein. »Die Wirkung des Mittels tritt sehr schnell ein. Und würden Sie mir nun freundlicherweise gestatten, in groben Zügen Ihren kleinen Schlachtplan zu erläutern? Nachdem Sie uns um unser Geld gebracht hatten, wollten Sie uns einen Schlummertrunk verabreichen, uns unserer gesamten Habe berauben – das heißt alles, was sich noch nicht in Ihrem Besitz befindet – und uns dann in irgendeine entlegene Seitengasse schaffen. Vermutlich beabsichtigten Sie, Ihre Kumpane telefonisch herzubeordern, um Ihnen dabei zu helfen. Und morgen früh um acht Uhr wollten Sie mit dem Zug nach Frankreich abreisen, um sich mit Ihrem unredlich erworbenen Gewinn ein flottes Leben zu machen. Der Paß befindet sich übrigens schon in Ihrer Tasche, aber, was noch wichtiger für uns ist, auch die nötigen Mittel, um sich angemessen die Zeit zu vertreiben.«
»Und was weiter?«
»Was weiter?« wiederholte der junge Mann in schleppen-

dem Tonfall. »Bevor ich Ihnen meine Bedingungen sage, möchte ich mich Ihnen vorstellen. Meinen Familiennamen werde ich Ihnen nicht verraten, denn der ist für Sie nicht von Interesse. Sie können mich Anthony nennen. Man spricht aber auch von mir als dem Mixer. Mein Freund hier heißt Paul. Der Dritte im Bunde sitzt draußen und wartet geduldig darauf, daß wir wieder erscheinen.«

»Ist das ein Bluff?«

»Keineswegs. Sandy hat den Taxifahrer gespielt. Er war mein Bursche während des Kriegs, und ein sehr guter obendrein. Er blieb lieber in meinen Diensten, als in irgendeinem Lagerhaus zu versauern. Ich habe ihm außerdem versprochen, daß er eines Tages als reicher Mann seinen Ruhestand genießen wird, und damit ist es mir völlig ernst. Er verdient es, doch ich fürchte, Sie wüßten weder seine hervorragenden Eigenschaften zu schätzen noch die Dienste, die er mir und seinem Vaterland geleistet hat, wenn ich Ihnen davon erzählen würde. Und was mich und meinen Freund hier betrifft, so sollten Sie verstehen, daß wir keine jungen Helden sind, für die es nach Beendigung des Kriegs keine Verwendung mehr gibt und die sich nun angesichts einer teilnahmslosen Welt gekränkt fühlen. Wir haben genug Heldentaten vollbracht und eine Menge Auszeichnungen erhalten, über die wir in Anbetracht unserer derzeitigen schändlichen Beschäftigung indessen nur geringschätzig lächeln können. Paul dort ist Offizier der Ehrenlegion, stimmt's, Paul?«

Paul nickte.

»Es ist richtig, daß dieses Land keine Verwendung mehr für uns hat; und erschwert wird unser Leben außerdem durch die Tatsache, daß wir beide unter sehr unliebsamen Umständen aus der Armee ausgeschieden sind. Paul verließ sie in aller Eile, und zwar deswegen, weil er sieben Tage länger in der Stadt blieb, als sein Urlaubsschein ihm gestattete – und es spricht für ihn, daß er vor dem

Kriegsgericht nicht auf Bombenneurose plädierte. Und ich wurde mit Schimpf und Schande davongejagt, weil ich einem jungen Mann ein Veilchen verpaßte, der die Rangabzeichen eines Kommandeurs der Militärpolizei trug, aber kein Anrecht auf andere Orden hatte, da er nicht in Frankreich gewesen war.«

»Also, was habt ihr jetzt vor?« fragte Pony.

»Ich habe mir zum Ziel gesetzt, ein Vermögen zu machen«, erwiderte Anthony. »Ich bin unschlagbar und unvergleichlich in puncto Gelderwerb. Und ich habe entdeckt, daß die leichteste Art des Gelderwerbs die ist, es Leuten wie Ihnen abzuknöpfen. Deshalb hat Paul, der ein Mann von außerordentlich gefestigter Moral ist, sich einverstanden erklärt, wenn nötig als mein Sekretär, Partner und Mädchen für alles zu fungieren. Wenn es ihm nicht an Eigeninitiative mangelte und er nicht die Bequemlichkeit über alles liebte, hätte er längst auf eigene Rechnung den Halunken das Fell über die Ohren gezogen. Auch er hatte keine Lust, zu einer eintönigen Arbeit zurückzukehren, als ich ihn kennenlernte. Und wie es aussieht, verfügt er über genügend Qualitäten, um mir dabei zu helfen, Leute wie Sie um ihren Wohlstand zu bringen, Gauner, die kein Protestgeschrei anstimmen können, weil sie ihren Reichtum durch Raub erworben haben.«

»Mir werden Sie nichts wegnehmen«, murmelte Pony zwischen den Zähnen.

»Ganz im Gegenteil«, erwiderte Anthony höflich. »Ich werde mir alles nehmen, was ich möchte, und das, was ich möchte, ist alles, was Sie besitzen.«

»Bei Gott, das werden Sie mir büßen!« zischte Pony, und Anthony lächelte ein wenig gelangweilt.

»Sie müssen wissen, daß wir größere Risiken auf uns genommen haben als Sie bei Ihren Beutezügen, bei denen Sie ein paar lumpige Penny am Tag kassieren. Sandy hat sich für weniger der Gefahr ausgesetzt. Verglichen mit den grausamen und gräßlichen Hunnen sind Menschen wie Sie die reinsten Wickelkinder. Sie sind außerstande, mir einen Schaden zuzufügen, den ich Ihnen nicht mit gleicher Münze heimzahlen könnte, und das sogar noch ein bißchen besser. Ich wage zu behaupten, daß Sie eine Bande hinter sich haben, die mir nachts auflauern und mich zu Tode prügeln würde, wenn sie mich jemals unvorbereitet erwischte. Aber ich bin bestens gerüstet, und sie würden nur ihre Zeit und Energie verschwenden und Enttäuschungen hinnehmen müssen, wenn sie dieses Spielchen versuchten. Also, Pony, du wirst blechen!« Seine Stimme klang jetzt schärfer.

»Ich weigere mich – ja, rundheraus«, rief Pony und stürzte sich auf ihn.

Seine wirbelnden Arme trafen ins Leere, und dann krachte der schwere Kolben einer Browning-Pistole auf seinen Schädel, und Pony Nelson brach zusammen.

May hatte alles wortlos und mit todbleichem Gesicht beobachtet. Als sich Anthony nun über die reglose Gestalt beugte und die Taschen des Mannes zu durchsuchen begann, keuchte sie: »Ich habe mir gemerkt, wie Sie aussehen.«

»So ein Pech«, murmelte Paul, der sie am Arm festhielt.

Und Anthony sagte: »Ich wäre außerordentlich enttäuscht, wenn Sie sich nicht an uns erinnerten.«

»Was werden Sie mit mir machen?«

»Nichts; ich werde ganz einfach zur Tür hinausmarschieren«, antwortete Anthony. »Das ist einer der großen Vorteile meiner Methode. Ich muß Sie weder fesseln noch Ihnen mit einem Knebel den Mund stopfen oder Ihnen Gift oder Schlaftropfen verabreichen. Ich überlasse Sie einfach Ihrem Schicksal. Sie können nicht nach der Polizei rufen.«

»Und Sie behaupten, ein Mann zu sein?« sagte sie.

»Ich behaupte, ein Gentleman zu sein«, erwiderte Anthony mit würdevoller Miene.

Die Suche war kurz, aber ergiebig. Sechs dicke Bündel Geldscheine wechselten ihren Besitzer und landeten in den Taschen seines Jacketts.

Anthony warf einen prüfenden Blick durch den Raum. »Ich denke, wir können jetzt gehen, Paul. Sandy wird sich langsam Sorgen machen.«
Nachdem er May freundlich zugenickt hatte, die stocksteif dastand, gingen er und Paul die Treppe hinunter.
Er öffnete die Tür und trat augenblicklich einen Schritt zurück, denn drei Männer standen auf den Stufen, die zum Haus führten, während ein Polizist unten am Absatz wartete. Er zögerte nicht länger als eine Sekunde, bevor er seinen Weg an ihnen vorbei fortsetzte. Plötzlich ergriff ihn einer am Arm, und jemand leuchtete ihm mit einer Taschenlampe ins Gesicht.
»Wer zum Teufel seid ihr?« fragte eine Stimme.
»Und wer zum Teufel seid ihr?« wollte Anthony wissen.
Dann war eine ungeduldige, befehlsgewohnte Stimme zu hören. »Das ist er nicht. Wer ist sein Begleiter?«
Die Taschenlampe wurde nun auf Pauls Gesicht gerichtet. »Fehlanzeige; das ist er auch nicht. Was machen Sie hier, meine Herren?«
»Zunächst einmal möchte ich wissen«, erwiderte Anthony, um auf Anhieb in den bedrohlichen Tonfall eines streitbaren, betrunkenen Mannes überzuwechseln, »ob es irgendein Gesetz gibt, das mir verbietet, mitten in der Nacht aus dieser Tür zu treten?«
Es herrschte verlegenes Schweigen; dann sagte Inspektor Sennet von Scotland Yard: »Alles in Ordnung, laßt sie gehen. Sie wohnen vermutlich in einem der darüberliegenden Apartments. Sind Sie sicher, daß wir hier richtig sind?« fragte er einen seiner Begleiter.
»Ja, Sir. Ich weiß, daß May zu Hause ist, weil ich mit eigenen Augen gesehen habe, wie die Lichter im ersten Stock angingen.«
»Nun gut«, sagte Sennet, und zu Anthony gewandt: »Ist das Ihr Taxi, meine Herren?«
»Ja, das ist unser Taxi«, antwortete Anthony.
»Also dann, gute Nacht«, wünschte Sennet, verschwand im Hausflur und ging die Treppe hinauf.

Einige Minuten später stürmte er wieder hinunter und hielt nach dem Taxi Ausschau, aber der Mixer war verschwunden.

Die Rennlotterie

Der Eigentümer von Graeside, einem der schönsten Landhäuser in der Nähe einer nordenglischen Großstadt, pflegte dreiviertel des Jahres in den Hochalpen zu verbringen, um dort sein chronisches Brustleiden auszuheilen. Herrlich eingerichtet und gelegen, war das englische Landhaus gleichwohl für Mr. Ferguson, den Besitzer, eine Quelle fortwährender Sorgen, da es ihm bisher nicht gelungen war, es für mehr als sieben Pfund wöchentlich zu vermieten. Zur Zeit stand es wieder leer, und er klagte bei der Nachtischzigarre im Hotel Bellevue in Interlaken Mr. Burnstid, den er dort kennengelernt hatte, sein Leid und erwähnte, wie gerne er für Graeside einen Dauermieter hätte. Mr. Burnstid, der nur mit geringem Interesse zugehört hatte, wurde jedoch hellwach, als Ferguson ihm die Vorzüge seines unvermietbaren Landhauses zu schildern begann.
Mr. Burnstid war ziemlich beleibt, und sein leicht gerötetes Gesicht mit der ebenfalls geröteten Nase zeigte deutlicher, als Worte es vermögen, daß er kein Verächter eines guten Tropfens war. Was seine Kleidung betraf, konnte er es gut und gern mit dem übrigen Publikum des vornehmen Hotels aufnehmen.
»Soso«, meinte er. »Gut eingerichtet, wie? Und die Nachbarschaft auch angenehm?«
»Alles vom Besten«, versicherte ihm Ferguson.
»Das Haus steht allein, sagten Sie, nicht wahr?« fragte Burnstid, was Ferguson bejahte. Und es könne von niemandem eingesehen werden.
»Vermieten Sie das Haus selbst, oder haben Sie einen

Agenten damit beauftragt, Mr. Ferguson? Ich würde derartige Geschäfte nur durch Agenten machen lassen.«
»Ich habe jemanden damit beauftragt«, erwiderte Ferguson und nannte Burnstid den Namen und die Adresse des Agenten.
Kurze Zeit darauf verabschiedete sich Burnstid von Ferguson und begab sich auf sein Zimmer, wo er als erstes die Adresse, die ihm Ferguson mitgeteilt hatte, in sein Notizbuch schrieb.
Danach sprachen die beiden nicht mehr über das Landhaus, aber acht Tage später wurde Ferguson angenehm durch die Mitteilung seines Agenten überrascht, daß Graeside endlich einen gut zahlenden Mieter gefunden habe. Er ahnte nicht, daß es Burnstid gewesen war, der ihm die Sorgen um das Haus abgenommen hatte, und er konnte ihm die Neuigkeit auch nicht mehr erzählen, denn Burnstid war inzwischen abgereist.
Burnstid hatte nicht lange danach ein Treffen mit seinen beiden Partnern, ebenfalls wohlbeleibte Herren, in einem Hotel am Genfer See vereinbart. Mr. Epsten und Mr. Cowan blickten ihn fragend an.
»Nun?« hatte ihn Epsten begrüßt. »Wie sind die Aussichten?«
»Gut«, erwiderte Burnstid. »Ich werde über siebenhunderttausend Rundschreiben hinausgehen lassen, und zwar nicht von hier, sondern von England aus. Ich rechne damit, daß wir mindestens zweihunderttausend Anträge bekommen werden, genauso wie bei der Cäsarewitsch-Rennlotterie. Ihr seht, daß ich die Wintermonate über nicht untätig war.«
»Schön.« Epsten nickte ihm beifällig zu. »Du glaubst also, daß diese Lincoln-Rennlotterie uns Erfolg bringen wird?«
»Glauben?!« wiederholte Burnstid lachend. »Da gibt es nichts zu glauben. Ich bin mir des Erfolgs sicher! Es wird leichter sein als Schoten auspellen; hunderttausend schöne runde Pfündchen springen dabei bestimmt für uns heraus.«

»Welche Prämien hast du denn angeboten?« erkundigte sich nun auch Cowan höchst interessiert.
Burnstid entnahm seiner Brieftasche einen eng bedruckten Bogen Papier und legte ihn vor sich auf den Tisch.
»Hier steht alles haargenau«, sagte er. »Hauptgewinn: Zwanzigtausend Pfund, zweiter Hauptgewinn zehntausend, dritter fünftausend, vierter eintausend. Dann kommen noch zehn Trostpreise zu je sechshundert Pfund und weitere fünfhundert für jedes Pferd, das auf der Starterliste steht.«
Cowan nickte beifällig.
»Diese Köder sollten eigentlich genügen, eine Menge Leute ins Garn zu locken«, meinte er. »Aber wäre es nicht besser, den Hauptgewinn auf vierzigtausend zu erhöhen?«
Burnstid schüttelte den Kopf.
»Nein, denn dann bekämen die Idioten es mit der Angst zu tun. Zwanzigtausend genügen als erster Preis. Du mußt bedenken, daß das Publikum von einem anderen Standpunkt ausgeht als wir. Man weiß, oder glaubt zu wissen, daß wir bei dieser Pferderennlotterie auch etwas verdienen werden. Böten wir als Hauptgewinn vierzigtausend an, dann würden die meisten Lunte riechen. Das Lincoln-Rennen ist nicht so wichtig, um einen so hohen Hauptgewinn, wie du ihn vorschlägst, zu rechtfertigen. Nein, unsere Gewinnchancen müssen Hand und Fuß haben, dürfen nicht zu niedrig, aber auch nicht zu hoch sein. Ich glaube, mein Vorschlag ist der goldene Mittelweg.«
»Ich bin ganz deiner Meinung«, stimmte Epsten zu. »Wer soll das Geld für die anfänglichen Spesen aufbringen?«
»Der Spaß wird uns etwa zehntausend kosten«, erklärte Burnstid nach kurzem Nachdenken. »Natürlich meine persönlichen Ausgaben nicht inbegriffen. Ich werde zweitausend Pfund aufbringen, also muß jeder von euch viertausend hinblättern. Vom Reingewinn wird jedoch jeder den gleichen Anteil erhalten.«

Nach kurzem Handeln, das aber vergeblich blieb, waren die beiden mit dem von Burnstid aufgestellten Verteilungsplan der Spesen und des Reingewinns einverstanden.
»Wo willst du denn das notwendige Personal herbekommen?« fragte Epsten.
»Ist alles schon erledigt«, antwortete Burnstid. »Ich habe auch hierin Glück gehabt; die Räume, die wir brauchen, habe ich billig bekommen; es sind einige Zimmer, die während des Kriegs vom Kriegsministerium belegt waren. Und ich habe einen intelligenten Mann engagiert, auf den wir uns verlassen können.«
Dies jedoch schien Epstens Mißtrauen zu erregen.
»Einen intelligenten jungen Mann?« fragte er. »Woher hast du ihn?«
»Er ist ein ehemaliger englischer Offizier aus bester Familie«, gab Burnstid Auskunft. »Er spricht Deutsch und Französisch und macht den Eindruck, als würde er für Geld alles tun, was man von ihm verlangt. Zu den Behörden scheint er die besten Verbindungen zu haben. Ich werde die ganze Sache schon so arrangieren, daß er der Geleimte ist, wenn irgend etwas schiefgehen sollte.«
Epsten lächelte verhalten, Cowan grinste, und Burnstid lachte laut über seine eigene Schlauheit.
»Glaubst du, daß er ehrlich ist?« erkundigte sich der vorsichtige Epsten. »Wir können in diesem Geschäft keine Ganoven brauchen. Das weißt du doch, Burnie, nicht wahr? Was denkst du, was er tun wird, wenn er herausfindet, daß wir gar nicht die Absicht haben, irgendwelche großen Gewinne auszuzahlen?«
»Die Sorge kannst du ruhig mir überlassen«, erklärte Burnstid mit sichtbarem Selbstvertrauen. »Ich weiß, daß er für tausend Pfund für uns durchs Feuer gehen wird. Und wegen der Ziehung selbst? Na, du wirst mir doch zutrauen, daß ich sie so vornehmen kann, daß er nichts merkt. Außerdem habe ich Vorkehrungen getroffen.«
Ohne weiter nach der Art dieser Vorkehrungen zu fra-

gen, nickten seine Partner zufrieden. Am selben Abend reisten Epsten und Cowan nach Paris und überließen die weiteren Ausführungen ihrer Pläne dem zurückgebliebenen Burnstid. Dieser hatte, was die vorzüglichen Eigenschaften seines Geschäftsführers betraf, wirklich nicht übertrieben. Die Bekanntschaft der beiden ging auf eine zufällige Begegnung auf einer Dampferfahrt nach Ouchy zurück, und Burnstid, der ein ausgezeichneter Psychologe war, hatte den jungen, intelligent aussehenden Mann bald als das erkannt, was er wirklich war: als skrupellosen, etwas gesprächigen Glücksritter.
Nachdem er seine Freunde zum Bahnhof begleitet und sich von ihnen verabschiedet hatte, fuhr Burnstid zum Café du Planet, wo er sich mit dem jungen Mann treffen wollte. Er fand ihn gelangweilt vor einer kalt gewordenen Tasse Kaffee.
»Alles in Butter, Stevens«, sagte Burnstid leutselig. »Meine Partner sind mit Ihrem Engagement einverstanden.«
»Das ist wirklich zu nett von Ihnen, Mr. Burnstid«, erwiderte Stevens freudestrahlend. »Was sind Sie doch für ein prächtiger alter Mann.«
»Na, na, so alt bin ich nun auch wieder nicht«, wehrte Burnstid ab, denn was das Alter betraf, war er ziemlich empfindlich. »Kurz und gut: Sie verstehen doch, daß ich meinen Partnern gegenüber mit Ihrem Engagement eine große Verantwortung übernommen habe, nicht wahr? Das Geschäft, das wir in Aussicht haben, ist nämlich eher ... hm ... was man ein ... hm ... zweifelhaftes Geschäft nennen würde.«
»Ich verstehe, ich verstehe«, kam ihm Stevens zu Hilfe. »Ich halte Sie für einen guten Sportsmann. Und was mein Gewissen betrifft, zerbrechen Sie sich nicht unnötig den Kopf, ich habe nämlich keins.«
In kurzen Worten machte ihn Burnstid mit seinen Pflichten bekannt. Sie schienen darin zu bestehen, daß Stevens den ganzen Tag in einem eleganten möblierten Büro zu

sitzen und seine scharfen Augen auf die Arbeit vieler junger Männer und Frauen zu richten hatte, die damit beschäftigt waren, Briefumschläge zu öffnen, die Geld enthielten.
Dieses Geld, erzählte er ihm, käme von Leuten, die in der Rennlotterie den großen Gewinn machen wollten.
»Sie werden alle diese Gelder an sich nehmen, Stevens«, instruierte ihn Burnstid, »und nach außen hin auch der Chef sein. Wenn jemand von Ihnen wissen will, wer die Veranstalter der Rennlotterie sind, werden Sie ihm sagen, daß Sie der einzige sind, der die Sache in Gang gebracht hat. Außerdem werden Sie alle Schecks – eingehende und ausgehende – unterzeichnen.«
Stevens lächelte geschmeichelt.
»Das heißt, die ausgehenden Schecks werden erst von mir gegengezeichnet«, versetzte ihm Burnstid gleich einen Dämpfer.
»Das finde ich ganz in Ordnung.«
Burnstid senkte jetzt seine Stimme, bis sie zu einem Flüstern wurde.
»Es kommt natürlich sehr oft vor«, meinte er, sich vertraulich zu Stevens vorbeugend, »daß die Zahl der Teilnehmer an der Lotterie nicht groß genug ist, um die ausgesetzten hohen Prämien zu zahlen. In diesem Fall sind natürlich, wie Sie einsehen werden, die Hauptgewinne zurückzusetzen, nicht wahr? Das ist ja nur gerecht.«
Stevens schien dies einzusehen, denn er nickte zustimmend.
»Andererseits kommt sehr oft genug Geld herein, aber die Spesen sind so hoch, daß auch hier wieder eine Reduzierung der Hauptgewinne ins Auge gefaßt werden muß. Das leuchtet Ihnen doch gleichfalls ein, Stevens? Wir machen das natürlich so, daß kein Mensch auch nur auf den Gedanken kommt, wir hätten die Hauptgewinne reduziert.«
»Verdammt schlau«, erklärte Stevens begeistert. »Sie wollen doch damit sagen, Mr. Burnstid, daß der arme

Teufel, der den Hauptgewinn bekommen hätte, ihn gar nicht zu sehen kriegt, nicht wahr? Das ist doch der Trick?«
»Nein, nicht ganz.« Burnstid rieb sich verlegen die Nase und zögerte ein wenig, ehe er fortfuhr: »Nun, da Sie jetzt mit von der Partie sind, sollte ich Ihnen reinen Wein einschenken. Sie bekommen ja schließlich tausend Pfund von . . .«
». . . der Sore?« half ihm Stevens.
»Ja, das ist die richtige Bezeichnung. Also, jemand muß als Empfänger des Hauptgewinns auftreten. Sie wissen doch, daß die Ziehung einen Tag vor dem Rennen stattfindet, noch ehe jemandem bekannt ist, welche Pferde laufen. Es könnte leicht passieren, daß einer unserer Mitspieler den Favoriten geraten hat und dann das Geld bekommen müßte. Wir werden also erst einen Tag nach dem Rennen die Namen der Gewinner veröffentlichen, denn dann steht ja schon fest, wer das Gewinnerpferd hatte, und unter den vielen, die ausgelost werden, um die Prämien zu bekommen, wird keiner vom andern etwas wissen. Die Sache ist also ganz einfach«, schloß Burnstid.
»Ja, wirklich, da haben Sie recht«, stimmte Stevens zu. »Ich habe verstanden, wie die Sache läuft. Wir müssen die Lotterie von einem rein geschäftlichen Standpunkt aus betreiben, und bei einem reellen Geschäft darf nichts dem Zufall überlassen werden, nicht wahr, Mr. Burnstid?«
»So ist es«, sagte dieser lächelnd. »Hören Sie weiter, Stevens. Ich habe in Nordengland ein Landhaus namens Graeside gemietet und werde jemanden dorthin schikken, dem ich vertrauen kann. Der Betreffende soll sich bis nach der Ziehung dort aufhalten, und ich brauche wohl nicht näher zu erklären, daß der Hauptgewinn dem Bewohner von Graeside zufallen wird. Wenn jemand glaubt, geschädigt zu sein, kann er sich ja in Graeside erkundigen. Der Gewinner existiert und wird jede Frage befriedigend beantworten können. Ich habe die Absicht,

meinen Sohn Barney hinzuschicken. Niemand ahnt ja, daß ich mit diesem . . .«
»Schwindel?« versuchte ihm Stevens in der Wahl des passenden Ausdrucks behilflich zu sein.
»Nein, das ist nicht die richtige Bezeichnung«, wies ihn Burnstid scharf zurecht. »Nennen Sie es ›Unternehmen‹. Jedenfalls wird mein Sohn in Graeside wohnen und der glückliche Gewinner des Haupttreffers werden. Jetzt wissen Sie über alles Bescheid, und wenn wir mit unserer Lotterie erfolgreich sind, werden Sie sogar noch mehr als nur tausend Pfund bekommen. Bei guter Arbeit bin ich großzügig. Wenn wirklich Schwierigkeiten entstehen sollten, dürfen Sie nie vergessen, daß Sie als der Verantwortliche auftreten. Dann müssen Sie eben die Medizin schlucken, wenn sie auch noch so bitter schmeckt. Dafür werden Sie gut bezahlt.«
Stevens machte sich darüber offensichtlich keine Gedanken. Wenn wirklich etwas vorkomme, werde er es schon meistern. Mr. Burnstid möge in dieser Hinsicht ganz und gar beruhigt sein.
Die nächsten Wochen brachten Burnstid die Erfüllung aller seiner Wünsche.
Sein Büro in Genf, dem Stevens vorstand, funktionierte tadellos; die Lotterie war gut vorbereitet und propagiert worden, und der Erfolg war dementsprechend. Die Postanweisungen und Banknoten strömten in beinahe unversiegbarer Flut herein. Doch so sehr die Arbeit auch zunahm, Stevens behielt alles in der Hand und verlor nicht den Kopf. Erst als alles dem Ende zuging, traf Burnstid wie ein Blitz aus heiterem Himmel der erste Schlag.
Eines Tages wurde Stevens dringendst von seinem Chef ins Bellevue befohlen. Burnstid lief im eleganten Salon wie ein gefangener Löwe auf und ab.
»So eine Schweinerei«, schimpfte er. »Jemand in England hat herausbekommen, daß Barney mein Sohn ist. Und das ist um so schlimmer, als Barney mit seiner Frau schon in Graeside wohnt.«

»Verdammt, das ist wirklich eine schlimme Sache«, sagte Stevens. »Jetzt können Sie Ihrem Sohn nicht mehr den Hauptgewinn zukommen lassen.«
Burnstid schwieg zunächst. Dann verfluchte er die neugierigen Reporter in allen Tonarten. In alle Dinge, die keinen Menschen etwas angingen, steckten sie ihre Nasen.
»Verdammt noch mal, es ist zu spät. Wir haben keine Zeit mehr, einen anderen Strohmann zu finden, der die Rolle meines Sohnes übernehmen könnte.«
»Was soll denn nun werden?« fragte Stevens.
»Nun«, sagte Burnstid und riß sich zusammen, »mein Partner, Mr. Cowan, hat sich etwas einfallen lassen, und ich halte seine Idee für sehr gut. Haben Sie schon einmal etwas vom Mixer gehört?«
»Vom Mixer?« Stevens lächelte. »Wer soll denn das sein?«
»Vor einigen Tagen erst stand etwas über ihn in der Zeitung. Er hat einen Ganoven in London um die Früchte seiner Arbeit gebracht und ihm sein ganzes Geld abgenommen.«
»So was!« rief Stevens aus. »Wer ist er denn?«
»In den Zeitungen heißt es, er sei ein ehemaliger Offizier. Seine Opfer sind immer Ganoven. Ich halte das eigentlich für eine gute Idee. Wenn jemand stiehlt, dann geschieht es ihm ganz recht, wenn er wieder bestohlen wird.«
»Was hat denn der Mixer mit unserer Sache zu tun?« erkundigte sich Stevens.
»Setzen Sie sich, und ich werde es Ihnen erzählen.« Nach einer kurzen Pause fuhr er fort: »Nehmen Sie an, daß Sie und ich das Geld nach der Ziehung persönlich nach London bringen und es zwischen Folkestone und London geklaut wird. Natürlich vom Mixer.«
»Sie meinen, es wird gar nicht gestohlen, sondern wir geben nur vor, daß es geschehen sei?«
»Richtig!« Burnstid schlug Stevens enthusiastisch auf

den Rücken. »Verdammt noch mal, Stevens, dumm sind Sie wirklich nicht. Wir verbreiten das Gerücht, daß uns der Mixer das ganze Gewinngeld geklaut hat. Und dann bieten wir, meine Teilhaber und ich, an, die Hälfte der Gewinne aus eigener Tasche zu zahlen.«
»Eine glänzende Idee«, sagte Stevens voller Bewunderung.
»Außerdem wird unser Angebot, die halben Gewinne aus eigener Tasche zu zahlen, obwohl sie uns gestohlen worden sind, eine glänzende Reklame für unsere nächste Lotterie. Man wird unsere Ehrlichkeit bewundern, während wir doch rund fünfzigtausend Pfund allein an ersparten Prämien in der Tasche haben. Und um auch noch den letzten Verdacht zu zerstreuen, werden wir die Presse einladen, zur Ziehung Berichterstatter zu schikken.«
»Ich habe da eine Idee, Mr. Burnstid«, warf Stevens ein. »Damit alles so echt wie möglich aussieht, schlage ich vor, daß wir uns, wenn wir das Geld, das uns gestohlen werden soll, nach London bringen, von zwei Detektiven begleiten lassen. Ich kenne einen Mann, der eine Agentur betreibt, und bin sicher, daß er uns ein paar passende Leute besorgen könnte.«
Burnstid war von diesem Vorschlag zunächst nicht begeistert. Erst nach langem Überlegen stimmte er zu.
Genau, wie sich die beiden die Sache ausgemalt haben, spielte sie sich später ab. Die Ziehung fand in Anwesenheit von Presseangehörigen statt. Zwei kräftige junge Londoner Detektive trafen rechtzeitig genug ein, um Burnstid und Stevens mit dem Geld von Basel nach Boulogne zu begleiten.
»Wir haben die Detektive kommen lassen«, erklärte Burnstid den Presseleuten, »um die Transportgefahren zu verringern.«
Der Plan, den er mit Stevens gemacht hatte, war einfach. In Folkestone sollte der Sack, der die Geldgewinne enthielt, einem der Partner überreicht und Stevens dafür ein

Beutel mit alten Zeitungen gegeben werden. Der Partner sollte sich mit dem Geld per Auto so schnell wie möglich nach London begeben. Das Schiff würde in Folkestone gegen Abend, wenn es bereits dunkel wurde, eintreffen. In dem dann herrschenden Durcheinander konnte trotz der Anwesenheit der Detektive der Sack mit dem Zeitungspapier geraubt werden. Stevens übernahm die Aufgabe, diesen Raub so echt wie möglich zu inszenieren.
Alles verlief programmgemäß, mit einer Ausnahme. Einer der Detektive wurde auf der Überfahrt nach Folkestone so krank, daß er in eine Klinik gebracht werden mußte. Burnstid setzte deshalb die Fahrt nach London nur mit Stevens und einem Detektiv fort.
In der Charing Cross Station in London öffnete Burnstid den Geldsack in Gegenwart des begleitenden Detektivs und schrie, als er anstatt des Geldes das Zeitungspapier sah, in gespieltem Entsetzen auf.
»Wir sind bestohlen worden, bestohlen! Mein Gott!« Er nahm aus dem Beutel einen Briefbogen, auf dem folgende Worte standen:
»Mit Gruß und vielem Dank – der Mixer.«
»Entsetzlich!« stöhnte Burnstid.
»Fürchterlich!« murmelte Stevens.
Einige Reporter hatten sich auf Charing Cross Station eingefunden, um die Herren zu interviewen, die hunderttausend Pfund zur Auszahlung der Gewinne mit sich führten. Ihnen vertraute Burnstid das schreckliche Ereignis an. Ein paar Gewinner waren ebenfalls erschienen. Ihre Gesichter wurden, als sie von dem Diebstahl erfuhren, länger und länger.
Burnstid wandte sich jetzt an alle, und seine Stimme schien vor unterdrückter Rührung zu zittern. »Die Gewinner sollen keinen Schaden erleiden. Ich selbst, ja ich, werde aus meiner Tasche die Hälfte der Prämien zahlen. Dieses mein Versprechen ist ernst gemeint und mag den Betroffenen als Trost dienen.«
Als Stevens und Burnstid endlich allein im Hotel in

ihrem gemeinschaftlichen Salon waren, lächelten sie sich an.
»Alles in bester Ordnung«, sagte Burnstid. »Sie haben den Köder wie Zucker geschluckt.« Er warf einen Blick auf seine goldene Taschenuhr. »Ich werde bald nach Ealing fahren, wo mich Cowan mit dem Geld erwartet.«
Cowan begrüßte ihn mit einem erstaunten Blick.
»Hast du das Geld?« fragte ihn Burnstid ohne Austausch von Höflichkeiten.
»Geld?« rief Cowan. »Du hast mir doch telegrafiert, daß ich dich erst morgen in Folkestone erwarten soll.«
»Was? Du warst nicht in Folkestone?«
»Natürlich war ich nicht dort. Ich sagte doch eben, daß ich von dir ein Telegramm . . .«
Doch Burnstid hörte schon nicht mehr zu. Er eilte so schnell er konnte ins Hotel zurück, um Stevens ein paar Fragen zu stellen.
Aber Stevens, von seinen Freunden Anthony genannt, befand sich in diesem Augenblick bereits in Gesellschaft der beiden Detektive, um die erbeuteten Banknoten zu zählen und zu sortieren. Der Mixer hatte mit Unterstützung seiner Freunde Paul und Sandy das Pseudoverbrechen in ein wirkliches umgewandelt.
»Du kannst die Zehnpfundnoten zählen, Paul«, sagte Anthony. »Ich sortiere die Postschecks, die ich dem alten Burnstid zurückschicken werde. Viel ist es ja sowieso nicht, aber es wird ihm ein bißchen helfen, sein Versprechen einzulösen, die halben Gewinne aus seiner Tasche zu zahlen. Er hat es nun mal offiziell gegeben.«

Eine Aktienspekulation

In einem der ersten Hotels Brightons hatte sich unter dem unauffälligen Namen Smith ein junger Mann, begleitet von seinem Sekretär Mr. Robinson und seinem Diener, eingemietet.
Die drei schienen sich noch nicht ganz im klaren zu sein, wer von ihnen Smith hieß, denn als ein Kellner in den Salon kam und ein für diesen Herrn bestimmtes Telegramm brachte, dauerte es eine ganze Weile, ehe der als Mr. Robinson Eingetragene öffnete. Da er als Mr. Smith' Sekretär bekannt war, dachte sich der Hotelangestellte nichts weiter dabei. Robinson blickte unentwegt auf den Text, bis der Kellner den Raum verlassen hatte, dann gab er Anthony das Telegramm.
»Hat er angebissen, Paul?« erkundigte sich dieser, ehe er zu lesen begann.
»Allem Anschein nach ja.«
»Er wird mich zu einem reichen Mann machen«, meinte Anthony. »Uns geht es besser als dem Kerl, über den heute morgen die Zeitungen berichteten. Er wollte eine Bank ausrauben, und was hatte er am Ende – zwei Pfund und ein blaues Auge. Nein, auf diese Weise sollten Gentlemen nicht ihren Lebensunterhalt verdienen.«
»Da hast du recht«, stimmte ihm Paul zu und setzte sich auf einen in der Nähe des Kamins stehenden Stuhl. »Übrigens, Anthony, ich habe heute morgen auch von dir etwas in der Zeitung gelesen. Weißt du, wie sie dich nennen? Den Mixer.«
»Ja, ich weiß. Dieser Spitzname ist verdammt gut gewählt«, entgegnete Anthony seelenruhig. »Ich betrachte

mich als Wohltäter der Menschheit. Erstens beschränke ich mich bei meiner Tätigkeit auf Ganoven, und zweitens habe ich dich und Sandy vor weiterer stumpfsinniger Plackerei bewahrt. Vielleicht hättet ihr beiden ja sogar eine verbrecherische Laufbahn eingeschlagen.«

Paul strich sich mit der schmalen weißen Hand über sein sorgfältig gekämmtes glänzendes Haar.

»Ich glaube nicht«, meinte er, »daß ich zum Verbrecher geworden wäre, aber ich muß dir zustimmen, daß ich die verdammte tägliche Schinderei ziemlich satt hatte. Bei Sandy dagegen könnte ich mir durchaus vorstellen, daß er sich einen Revolver gekauft und damit die Bank von England überfallen hätte. Bisher hast du jedenfalls nichts getan, was mein Gewissen belasten würde.«

»Und daß es nie geschehen wird, darauf kannst du dich verlassen«, versicherte sein Freund. »Jeder einzelne von denen, die ich erleichtert habe, war ein Mensch, dessen Gemeinheit und Niederträchtigkeit kein anderes Los verdiente.«

»Stimmt.«

»Und was diesen Mr. Mothenstein betrifft, Paul, so habe ich auch in diesem Fall keinerlei Gewissensbisse. Die Polizei ist schon seit Jahren vergeblich hinter ihm her, und auch für mich wird es nicht einfach werden, ihn zu schröpfen.«

»Warum glaubst du das?« fragte Paul und blickte von seiner Zeitung auf.

»Vor allem, weil man ihn bereits vor mir gewarnt hat.«

»Vor dir?«

Anthony nickte. »Seit einer Woche versuche ich bei ihm meine Tricks«, sagte er seufzend, »aber bis jetzt immer vergeblich. Du weißt doch, Paul, daß es in London kaum einen Ganoven gibt, der nicht vor mir auf der Hut ist.«

»Wenn ich wüßte, warum du gerade Mothenstein als passendes Opfer ausgewählt hast . . .«

»Du willst doch nur hören, daß du ruhigen Gewissens mitmachen kannst.«

»Stimmt.«
»Ich werde deine Hilfe in diesem Fall gar nicht brauchen«, beruhigte ihn Anthony. »Mothenstein ist, wie du vielleicht weißt, ein Makler, der seine Geschäfte durch Inserate einleitet. Er ist einer von denen, die armen, unschuldigen Spekulanten einreden, sie könnten aus hundert Pfund so leicht zweihundert machen, wie man sich einen neuen Hut kauft. Im allgemeinen haben Außenseiterspekulanten mit solchen Leuten wie Mothenstein nur ungern etwas zu tun. Doch bei unserem künftigen Opfer trifft das ganz besonders zu, da eine Finanzzeitung offen vor ihm gewarnt hat. Aber Freund Mothenstein hat die Kunden seiner besten Absichten ihnen gegenüber versichert; er hat ihnen lange Briefe geschrieben, in denen er ihnen mitteilte, daß er ihnen davon abrate, ihr ganzes Vermögen auf einmal in eine immerhin zweifelhafte Spekulation zu stecken. Er ziehe es vor, wenn sie ihm nur kleine Beträge anvertrauten, da er die Verantwortung für größere Spekulationen nicht übernehmen könne. Resultat: Alle sind von ihm begeistert. Sie schicken ihm also nur kleinere Beträge, und ihr Vertrauen wird auch nicht mißbraucht. Reingewinne, die zu den Anlagekapitalien in keinem Verhältnis stehen, fangen an einzulaufen, und alle fallen auf die Knie und danken Gott, daß er ihnen einen so ehrlichen Menschen wie Mothenstein beschert hat.«
»Und dann?« fragte Paul gespannt.
»Nun, Mothenstein bekommt immer mehr Briefe. Die Leute haben Blut geleckt. Nun wollen sie größere Beträge anlegen, aber was tut er? Er schreibt ihnen zurück, die große Verantwortung würde ihm seinen Nachtschlaf rauben, er könne sich nicht mit so vielen Dingen belasten, empfehle ihnen aber die Firma Alexander McDougal, Mackintosh & Glenstuart – ehrliche, wohlbekannte schottische Namen –, mit deren gut eingeführten, konservativen Maklern sie bestimmt zufrieden sein werden.«
Paul nickte verständnisvoll. »Und diese Firma ist in Wirklichkeit Mothenstein selbst, nicht wahr?«

»Erraten! Und sie hat keine Gewissensbisse, die angeblich Mr. Mothenstein plagen. Die nunmehr voll vertrauenden Spekulanten werden jetzt aufgefordert, jeden Penny flüssig zu machen und Waggerfontein-Goldaktien zu kaufen, die innerhalb von acht Tagen ihren Börsenwert verzehnfachen würden. Die armen Teufel fallen meist auf diesen Köder herein, und das trotz Mothensteins auf Anfrage doch tatsächlich erteiltem Rat, um Gottes willen ja nicht alles auf eine Karte zu setzen und vorsichtig zu sein. Dann bricht das Verhängnis über sie herein. Statt daß die Waggerfontein auf neun, zehn, zwölf Pfund hinaufklettern, fallen sie, bis sie bei drei Pence angekommen sind. Die Spekulanten stehen nicht selten vor dem Nichts, während sich Mothenstein ein neues Luxusauto anschaffen kann.«

»Und was beabsichtigst du gegen ihn zu unternehmen?« fragte Paul neugierig.

»Ich will meinen Hebel am schwächsten Punkt in Mothensteins Panzer ansetzen. Ich muß ihm wirklich gute Aktien anbieten, die er dann auf seine Opfer abladen kann. Würde er ihnen die Schwindelaktien persönlich verkaufen, würde er sich natürlich des schweren Betrugs schuldig machen und hinter Gitter kommen. Das muß vermieden werden. Er hat ja keine sehr große Auswahl, wenn er Anteile von Schwindelgesellschaften braucht. Diese Waggerfontein zum Beispiel hat er zu zwei Pence gekauft, und die zweihunderttausend Anteile, die er sich besorgt hatte, mit acht bis zehn Shilling pro Stück vertrieben. Nun, ich habe einen Wink bekommen, daß die Firma Alexander und so weiter hinter neuen Aktien her ist und . . . ich werde sie ihr besorgen.«

Er stand auf, ging zum Schrank und entnahm ihm ein Paket wunderbar lithographierter Papiere.

»Das sind zweihunderttausend Aktien der Blei und Schiefer AG Australien«, erklärte er. »Es tut mir ja leid, daß ich keine Goldminenaktien auftischen kann, aber ich habe mein möglichstes getan. Sie kosten mich einen

Penny pro Aktie, und das ist ein Penny mehr, als sie genau wert sind. Innerhalb von vier Wochen fällt die Mine an ihre ursprünglichen Eigentümer zurück, wenn es der Gesellschaft, die diese Aktien hier ausgegeben hat, nicht gelingt, fündig zu werden. Die Gruben liegen mitten in der Wüste und haben allen ihren bisherigen Eigentümern Geld und Gesundheit gekostet. Ich glaube nicht, daß es dieser Gesellschaft hier um einen Deut bessergehen wird.«

»Wo hast du denn die Aktien her?« erkundigte sich Paul.

»Von einem netten jungen Australier, der sie wiederum von einem Freund bekommen hat, welcher ihm zwanzig Pfund schuldete, sie aber nicht zurückzahlen konnte. Niemand kennt den genauen Wert dieser Anteile, und ich beabsichtige, sie an Mothensteins Firma für zwei Shilling sechs Pence pro Stück zu verkaufen. Das würde mir insgesamt fünfundzwanzigtausend Pfund einbringen. Daß Mothensteins Firma diese Aktien mit Kußhand nehmen wird, daran besteht kein Zweifel, denn an der englischen Börse sind die Papiere absolut unbekannt. Die Kunden werden die Anteile zu Preisen zwischen fünf und zehn Shilling pro Stück angeboten bekommen.«

»Ist das den künftigen Käufern gegenüber nicht unfair?« fragte Paul. »Ich möchte mich natürlich nicht in deine Pläne mischen, aber vergiß nicht, daß ich in einem Pfarrhaus aufgewachsen bin.«

»Mach dir da keine Sorgen«, antwortete Anthony. »Im selben Augenblick, in dem ich diese Aktien losgeworden bin, werde ich an alle Finanzzeitungen einen Brief schikken und darin vor dem Ankauf dieser Papiere warnen. Meinen Gewinn werde ich außerdem mit dem jungen Australier teilen, der mir die Aktien verkauft hat.«

»Schön!« stimmte nun auch der zartbesaitete Paul dem Plan zu und lauschte gespannt Anthonys weiteren Ausführungen.

Die Firma Alexander McDougal und so weiter hat in einer nordenglischen Stadt ein kleines unscheinbares

Büro. Der Geschäftsführer war im Ort als Mr. Alexander, in London aber als Mr. Mothenstein junior bekannt. Diesen jungen Mann besuchte eines Tages ein Australier. Das Resultat der Unterredung war, daß Mr. Alexander-Mothenstein am selben Abend den Nachtzug nach London nahm, um am nächsten Morgen mit seinem Vater in Hampstead zu frühstücken.
Im allgemeinen war der alte Herr nicht so leicht aus der Ruhe zu bringen, aber die Neuigkeiten, die ihm sein talentierter Sohn mitgebracht hatte, ließen ihn doch aufhorchen.
»Ja, ich glaube von derartigen Aktien vor Jahren gehört zu haben«, sagte er. »Sie wurden an der Börse notiert.« Er erhob sich und suchte ein altes Jahrbuch der Londoner Börse heraus. »Ja, hier sind sie. Kapital dreihunderttausend Pfund, Direktoren hm ... hm ... Dieser Mann bietet zweihunderttausend, was die Mehrheit bedeutet.«
Mr. Mothenstein senior runzelte nachdenklich die Stirn. »Und die Mine existiert«, meinte er. »Du weißt, daß wir uns nur bei ganz zweifelsfrei feststehenden Eigentumsverhältnissen auf Käufe einlassen können. Es wäre Betrug, wenn wir anders handelten, und Betrügereien begehe ich nicht.«
»Es wird schon stimmen«, entgegnete sein Sohn, der bis dahin bezüglich des Vorhandenseins der Grube so seine Zweifel hatte.
»Die Sache sieht ganz gut aus«, fuhr Mothenstein fort. »Wieviel will er haben? Zwei und einen halben Shilling? Er wird es auch für einen tun. Was meinst du?«
Julius Mothenstein schüttelte den Kopf. »Der nicht. Hier, lies den Brief. Nicht einen Penny darunter.«
Mr. Mothenstein seufzte tief auf. »Wir brauchen Aktien«, sagte er, »und zwar ziemlich dringend. Die Anteile der Baltic Trading Co. sind verkauft, und die Leute schreien in einem fort nach neuen Spekulationsobjekten.«
»Ja, aber sie schreien auch nach den Ersatzaktien, die du

ihnen versprochen hattest, als die Waggerfontein den Bach runtergingen«, erinnerte ihn Julius.
»Na, wir werden schon wieder an ein paar Papiere kommen, die uns nicht viel kosten, und die drücken wir ihnen dann aufs Auge. Im Moment fühle ich mich nicht gerade in der Stimmung, etwas zu verschenken, mein Junge. Die Spesen, die wir haben, sind . . .«
Es folgte ein Vortrag über die Kostspieligkeit des täglichen Lebens, die anziehenden Preise und die unverschämte Dienerschaft, die täglich mit neuen Forderungen das sonst so sonnige Leben Mothensteins zum stetigen Kampf machte. Julius, der dieses Lamento schon oft genug gehört hatte, vertiefte sich in die Zeitung.
Am nächsten Morgen wartete Mr. Julius Mothenstein alias Mr. Alexander im Büro eines Freundes auf den Unterhändler für die Australien-Aktien. Die Räumlichkeiten, in denen die Verhandlungen stattfinden sollten, waren für solche Zwecke besonders gut geeignet. Im Nebenzimmer konnte Mr. Mothenstein senior, ohne gehört oder beim Eintritt gesehen zu werden, den Verhandlungen folgen und seine Instruktionen mittels vorher vereinbarter Signale seinem Sohn zukommen lassen.
Bald darauf erschien der Besucher, ein hochaufgeschossener braungebrannter junger Mann, ein typischer Australier, wie Julius fand.
»Samuel Soames«, stellte sich Anthony Julius Mothenstein mit einer Verbeugung vor.
»Sie boten uns Aktien an«, sagte Julius in geschäftlichem Ton. »Nun, ich weiß, daß die Papiere so gut wie wertlos sind, aber meine Firma wagt gerne hin und wieder einmal eine kleine Spekulation.«
»Ja, das habe ich gehört«, erwiderte Anthony und holte die Aktien aus einer schwarzen Ledertasche hervor.
Julius nahm das erste der gebündelten Pakete in die Hand, las die Zertifikate und schüttelte lächelnd den Kopf.

»Blei und Schiefer AG Australien? Ich glaube nicht, daß diese Papiere viel Wert für uns haben, Mr. Soames.«
»Dann wollen wir unsere Zeit nicht vergeuden«, erklärte dieser trocken und begann die Aktien wieder einzupakken.
Vom Nebenzimmer her erklang ein warnendes Hüsteln.
»Natürlich sind wir immer bereit, ein gewisses Risiko einzugehen«, lenkte Julius auf die Warnung des unsichtbaren Zuhörers hin ein. »Wie war noch Ihr Preis pro Aktie?«
»Zwei Shilling sechs Pence.«
Julius schüttelte den Kopf. »Das ist entschieden zuviel, denn die Papiere sind unverkäuflich. Bedenken Sie, fünfundzwanzigtausend Pfund für derart wertlose Anteile. Wir bieten Ihnen, und das ist unser letztes Wort, einen Shilling pro Aktie.«
»Sie werden sie entweder zu meinem Preis oder gar nicht bekommen.«
»Tja dann«, sagte Julius, zuckte mit den Schultern und erhob sich. »Auf Wiedersehen.«
»Guten Morgen«, erwiderte Anthony und wandte sich zur Tür.
In dem Moment hustete der im Nebenzimmer lauschende Mothenstein zweimal kurz.
»Seien Sie doch vernünftig, Mr. Soames«, lenkte Julius erneut ein. »Aus Kompromissen besteht ja das halbe Leben, also – ich biete Ihnen einen Shilling und sechs Pence pro Anteil.«
»Zwei Shilling und sechs oder gar nichts«, bestand Anthony unnachgiebig auf dem genannten Preis. »Die Thames Investment Trust, Ihre Konkurrenz, hat mir bereits zwei Shilling drei Pence geboten.«
Das schlug dem Faß den Boden aus, denn wenn Mothenstein einen Rivalen auf diesem Markt zu fürchten hatte, dann war es die eben genannte Gesellschaft. Ein heftiger Husten ertönte aus dem Nebenzimmer herüber, und Julius besann sich auf seine Pflicht.

»Also gut«, gab er endlich resigniert nach. »Wir werden Ihnen einen auf nächsten Montag vordatierten Scheck geben.«
»Stellen Sie ihn lieber für vergangenen Montag aus«, erwiderte Anthony. »Ein für allemal, Mr. Alexander: Entweder Sie gehen auf meine Bedingungen ein, oder es finden keine Geschäfte zwischen uns statt.«
Wieder wartete Julius auf ein Zeichen seines Vaters. Als es erklang, nahm er sein Scheckbuch heraus und stellte den Scheck wunschgemäß aus.
Als der Besucher mit seinem Geld das Zimmer verlassen hatte, kam der alte Mothenstein herein.
»Durch deine Tricks hättest du mir bald das ganze Geschäft vermasselt, Julius«, brummte er. »Ich bin fest überzeugt, du hättest sie billiger bekommen, wenn du es richtig angefangen hättest. Na, Schwamm drüber. Laß uns gleich das Rundschreiben an unsere Kunden fertigmachen. Je schneller wir die Papiere losbekommen, desto besser. Ich habe so eine Ahnung, als würden diese Aktien wie warme Semmeln weggehen, denn hinter Bleiaktien sind sie jetzt wie die Verrückten her.«
Drei Stunden lang waren er und sein Sohn mit der Abfassung des Schreibens beschäftigt. Es mochte zwar nicht ganz der Wahrheit entsprechen, war aber von einer Bildhaftigkeit der Sprache, die einem Dichter Ehre gemacht hätte. Noch am selben Abend gingen die Offerten hinaus. Und dann kam der große Knall.
Mr. Mothenstein und Julius saßen in ihrem Londoner Büro und hatten alle Hände voll zu tun, die Aufträge, die wie ein Sturzbach hereinströmten, zu notieren und auszuführen. Plötzlich klingelte das Telefon. Der Anrufer war der Handelsredakteur eines kleinen Wochenblattes, der Ursache hatte, sich Mothensteins mit Dankbarkeit zu erinnern.
»Wir haben eben ein Rundschreiben erhalten, wie wahrscheinlich auch alle anderen Finanzblätter«, teilte er dem aufhorchenden Mothenstein mit.

»Worum geht es darin?« erkundigte sich dieser, ahnungsvoll die Stirn runzelnd.

»Um Bleiaktien, die, wie ich höre, von Ihnen stammen, Mr. Mothenstein. Sie wissen doch, daß die Abbaugenehmigung der Gesellschaft nächste Woche erlischt. Der Absender des Rundschreibens meint, daß die Aktien nicht das Papier, auf das sie gedruckt sind, wert seien.«

Mothenstein wurde weiß wie die Wand. Gewiß, fünfundzwanzigtausend Pfund zu verlieren, konnte ihn nicht ruinieren, aber der Schmerz über den Verlust würde ihm das Herz brechen.

»Man hat uns übers Ohr gehauen, Julius. Ich hätte so etwas voraussehen müssen. Verdammt, wir sind dem Mixer auf den Leim gegangen, obwohl wir zur Genüge vor ihm gewarnt wurden.« Er schnaufte, als würde ihn jeden Augenblick der Schlag treffen. Als er sich ein wenig beruhigt hatte, fuhr er fort: »Wir werden wegen dieser Sache mit dem Gesetz in Konflikt kommen. Dieser Kerl wird uns überall anschwärzen.« Erregt lief er auf und ab. »Es ist nicht das verlorene Geld, was mir Kopfzerbrechen macht; der Ruf der Firma geht dabei zum Teufel! Verdammter Kerl, der Mixer. Nur einen Augenblick möchte ich ihn hier haben! Fünfzehn Jahre müßte er dafür bekommen; hängen sollte man ihn!«

Julius beschränkte sich währenddessen darauf, nachdenklich sein Kinn zu reiben.

»Vater«, sagte er dann. »Ich habe eine Idee.« Mothenstein brummte zwar weiter vor sich hin, hörte aber zu.

»Warum sollten wir nicht . . .«, begann Julius.

»Was?« unterbrach ihn sein Vater ungeduldig.

»Ich weiß, daß uns der Verlust zwar hart trifft, wir ihn aber überleben werden. Die Hauptsache ist doch der Ruf unserer Firma, nicht wahr? Also teil allen Kunden mit, daß wir ihnen die Aktien als Ersatzanteil für die Verluste bei den Waggerfontein-Aktienpapieren umsonst geben. Schreib ihnen, daß du das Beste von den Ersatzpapieren erhoffst. Die Firma wird so als großzügig erscheinen,

und kein Mensch wird auf den Gedanken kommen, daß wir ihn betrügen.«
»Die Idee ist gut«, lobte Mothenstein. »Glänzend ist sie! Ruf die andern, und ran an die Arbeit!«
Sie schufteten die ganze Nacht hindurch, und um vier Uhr morgens ging die letzte Gratisaktie hinaus.

Als der Mixer von dem raffinierten Schachzug seines Gegners hörte, mußte er lachen.
»Der alte Schwindler war doch ein wenig zu schlau für mich«, gab er zu. »Sein Herz wird gebrochen sein, daß er diese zweihunderttausend Aktien verschenken mußte, auch wenn sie in Wirklichkeit nicht einmal den Papierwert hatten. Aber alle Achtung! Den Ruf seiner Schwindelfirma rettete er damit. Ich möchte wissen, in welchen seligen Träumen die Empfänger der Aktien schweben!«
»Sie können gar nicht selig genug sein«, warf Paul ein. »Hast du schon die Morgenzeitung gelesen?«
»Nein. Was steht denn drin?« fragte Anthony rasch.
Paul erhob sich und reichte ihm eine Zeitung, deren schreiende Schlagzeilen Anthony sofort verrieten, was Paul gemeint hatte.
ÜBERRASCHUNG IN AUSTRALIEN! HOCHWERTIGE GOLDADER IN VERLASSENER BLEIMINE ENTDECKT. WERTLOSE AKTIEN: HEUTIGER KURS DREI PFUND PRO AKTIE.
Der Bericht kam aus Australien und lautete wie folgt:

> Einige zufällig in den Minen der Blei und Schiefer AG Australien schürfende Goldsucher sind auf reichhaltige Lager des wertvollen Metalls gestoßen. Dadurch sind die Anteile der Gesellschaft, gestern kaum das Papier, auf dem sie gedruckt waren, wert, zum heutigen Kurs von drei Pfund pro Aktie außerordentlich gefragt.

Anthony pfiff vor sich hin.
»Nun, wenigstens kann ich mich damit trösten, meinen Anteil bekommen zu haben«, erklärte er.

»Und ich den meinen auch«, sagte Paul. Weder er noch Sandy wurden jemals vergessen, wenn Anthony seinen Fischzug gemacht hatte.

»Heute abend wird bei Mothensteins Kunden eitel Freude herrschen. Nur Mothenstein selbst dürfte Kopfschmerzen haben.« Anthony lachte und war mit dem Ausgang nicht unzufrieden.

Der fingierte Bankraub

Ziellos spazierte der Mixer umher, ein Paket Bücher unter dem Arm, eine Brille mit schwarzem Rand auf der Nase. Er sah aus wie ein Student, dessen Stipendium hinten und vorne nicht langte. Vor beinahe jedem Schaufenster blieb er stehen, bis er plötzlich mit einem Mädchen zusammenstieß, das aus einem Geschäftsgebäude herausgekommen war. Er versuchte sich zu entschuldigen, aber die junge Dame schien das kleine Unglück gar nicht bemerkt zu haben, denn ohne ihm auch nur einen Blick zu schenken, eilte sie weiter. Bei dem Zusammenstoß hatte Anthony jedoch ihr kreidebleiches Gesicht und ihre vom Weinen geröteten Augen gesehen. Halb unbewußt warf er einen Blick auf das Schild vor dem Tor, aus dem das Mädchen gekommen war. Unter der Firmentafel eines Zigarrenladens befand sich noch eine, auf der »Oliver Digle, Finanzberater« zu lesen war.

Der Name war dem Mixer nicht unbekannt, er hatte ihn in Verbindung mit anrüchigen Prozessen schon häufig gehört. Der Mann war, wie er wußte, ein Wucherer der allerschlimmsten Sorte. Und so fragte sich Anthony, was die junge Dame wohl von Digle gewollt haben mochte. Er folgte ihr, seine Schritte beschleunigend, um sie einzuholen. Erst glaubte er, sie befinde sich auf dem Weg zur Charing Cross Station, sah dann aber, daß sie durch die Villiers Street auf den Embankment Park zuging. Sie schien auf der Suche nach einer ruhigen Bank zu sein, wo sie sich ganz ihrem Schmerz hingeben könnte. Anthony behielt sie im Auge, bis sie sich endlich auf einer Bank niederließ. Ohne ein Wort der Entschuldigung nahm er neben ihr Platz, öffnete ein Buch und war allem Anschein nach bald darauf in dessen Lektüre versunken. Seine ganze Aufmerksamkeit galt indessen der jungen Dame neben ihm. Sie schien von seiner Gesellschaft wenig entzückt zu sein, denn als er sich setzte, machte sie Anstalten, sich einen anderen Platz zu suchen, blieb dann aber doch.

»Verzeihen Sie«, sagte er ganz ruhig. »Zunächst möchte ich Sie bitten, mich nicht für ungehörig zu halten.«

Überrascht blickte sie ihn an.

»Ich weiß«, fuhr Anthony fort, »daß man eine junge Dame nicht an einem öffentlichen Ort wie diesem ansprechen sollte, aber Sie brauchen vor mir wirklich keine Angst zu haben. Ich habe nicht die geringste Absicht, Ihnen irgendwie lästig zu fallen. Übrigens, der Herr, der dort drüben auf der Bank so vertieft in seine Zeitung ist, ist ein höherer Beamter von Scotland Yard, und der Parkwächter ist auch nur ein paar Meter entfernt. Wenn ich also irgendwie lästig werden sollte, ist ausreichend Hilfe in der Nähe.«

Wider Willen mußte sie lächeln.

»Ich möchte nicht unhöflich erscheinen«, erwiderte sie, »aber ich habe nicht die geringste Lust, mich mit jemandem zu unterhalten, und schon gar nicht mit einem völlig Unbekannten.«

Er nickte zustimmend. »Das verstehe ich, aber ich habe den Eindruck, daß Sie Hilfe gebrauchen könnten. Sie haben Ärger mit Digle gehabt, nicht wahr?«

»Woher wissen Sie das?« fragte sie erstaunt.

»Ich erriet es. Er versuchte wohl, Ihnen die Daumenschrauben anzusetzen, wie?«

Sie runzelte die Stirn. »Sie waren wohl dort? Kennen Sie ihn? Hat er Sie mir nachgeschickt?«

»Nein. Ich kenne Mr. Digle nicht persönlich, habe aber allerlei über seine liebenswürdigen Manieren gehört. Als ich Sie völlig verstört aus seinem Haus kommen sah, schloß ich, daß Sie zu den Unglücklichen gehören, die in

seine Klauen geraten sind. Und ich habe Sie nur angesprochen, um mich zu erkundigen, ob ich Ihnen irgendwie behilflich sein kann.«
Sie schüttelte den Kopf. »Nein«, erwiderte sie. »Nein, ich fürchte, daß auch Sie mir nicht helfen können. Ich habe mich wie eine Idiotin benommen.«
»Diesen Fehler haben wir alle das eine oder andere Mal begangen«, tröstete er sie. »Bitte erzählen Sie mir, was Ihnen passiert ist.«
Nach langem Schweigen begann sie: »Nun gut. Ich habe ja nichts verbrochen, was ich zu verbergen hätte. In wenigen Wochen werden es sowieso alle erfahren.«
Sie war die Witwe eines jungen Offiziers, der im Krieg gefallen war. Er hatte ihr ein kleines Landhaus und einige hundert Pfund Ersparnisse hinterlassen, von denen sie nun lebte.
»Armer Ted, er war ein guter Junge, wenn auch ein wenig leichtsinnig. Natürlich hatte ich keine Ahnung, daß er Mr. Digle Geld schuldete. Allem Anschein nach hatte er sich jedoch von ihm, kurz bevor er fiel, tausend Pfund geborgt. Vor einigen Tagen besuchte mich einer von Digles Agenten. Er legte mir einen Schuldschein vor und verlangte die Zahlung. Natürlich werde ich den Namen meines verstorbenen Mannes nicht in den Schmutz ziehen lassen und deshalb zahlen. Das bedeutet aber, daß ich mittellos dastehen werde.«
»Und wieviel schuldet Ihr Gatte Digle angeblich?«
»Ursprünglich waren es eintausend Pfund, doch das wuchs durch Zinsen und Spesen auf zweitausend an. Oh, wie gemein, wie niederträchtig!«
Anthony notierte sich die Zahlen. »Würde es Ihnen etwas ausmachen, mir Ihre Adresse zu geben? Und außerdem möchte ich wissen, wann der Schuldschein ausgestellt wurde und wozu sich Ihr Mann das Geld geliehen hat.«
»Ich kann Ihnen meine Adresse geben, aber warum sich Ted Geld geliehen hat, ist mir ebenso ein Rätsel wie Ihnen. Zu der Zeit, als er das Geld angeblich geborgt hat,

hatte er ein beträchtliches Bankguthaben. Möglich, daß er Verpflichtungen hatte, von denen ich nichts wußte; aber ich kann es mir eigentlich nicht denken, denn er hatte keine Geheimnisse vor mir.«
»Ich danke Ihnen, daß Sie mir alles erzählt haben. Und ich rate Ihnen, nicht einen Penny zu zahlen, bis Sie wieder von mir gehört haben. Haben Sie einen Rechtsanwalt?«
»Nein, ich habe mich bisher noch an keinen gewandt.«
»Vielleicht sollten Sie sich einen nehmen. Ein Anwalt ist in solchen Fällen immer gut.«
»Wohin kann ich Ihnen notfalls Bescheid geben?« wollte sie wissen.
Die Frage brachte den Mixer in Verlegenheit. Doch dann antwortete er: »Ich wohne mit einigen Freunden im Rex Hotel in Brighton.«
Die Unterhaltung mit der jungen Dame hatte bei Anthony tiefen Eindruck hinterlassen. Er versäumte seinen Zug nach Brighton, denn er beschloß, vor seiner Rückkehr noch einen Besuch bei einer Detektei zu machen.
»O ja, wir können Ihnen über Digle allerlei berichten«, meinte der Chef der Detektei auf die Frage seines Besuchers. »Es steht bei ihm seit einiger Zeit nicht zum besten.«
»Spekulationen?« fragte Anthony rasch.
»Nein, Wettleidenschaft. Er soll in den letzten zwei Monaten über hunderttausend Pfund bei Pferderennen verloren haben.«
»Ist er ehrlich?«
»Wie des Teufels Großvater. Er hat eben die Anschauungen eines Wucherers.«
»Das heißt also, daß er ein Schuft ist. Haben Sie irgend etwas Nachteiliges über ihn in Ihrer Kartei?«
»Nein, das nicht. Sicher, er hatte schon verschiedentlich mit dem Staatsanwalt zu tun, aber es ist ihm bisher immer gelungen, die Fälle außergerichtlich beizulegen.«
»Das ist alles, was ich wissen wollte. Das genügt mir.«

Anthony verabschiedete sich und fuhr mit dem nächsten Zug nach Brighton.
Am darauffolgenden Tag besuchte er die junge Witwe in ihrem Landhaus in Chorley und erfuhr dort noch einiges aus dem Leben des gefallenen Offiziers, das ihn interessierte.
»Hat Ihr Gatte, als er das letztemal auf Urlaub war, irgendwelche geheimnisvollen Briefe erhalten?« erkundigte er sich. Sie dachte einen Augenblick nach, dann sagte sie: »Nein, nicht daß ich wüßte ... Doch, jetzt erinnere ich mich. Er hat einen Brief von einer Dame aus der Pimlico Road erhalten, der ihn sehr überraschte. Sie hatte ihn um sein Autogramm gebeten, was sie damit begründete, daß sie von seiner Tapferkeit im Krieg gehört habe. Mein armer Ted war jedoch nicht einer von jenen gewesen, die sich besonders auszeichneten, und er fragte sich, von wem sie so etwas gehört haben mochte. Das Autogramm hat er ihr aber dann doch geschickt. Warten Sie einen Moment, ich werde mal seine Briefe durchsehen. Ich habe nämlich alle aufbewahrt, die er im letzten Jahr seines Lebens erhielt.«
Nach zehn Minuten kam sie mit einem Bündel Briefe zurück, aus dem sie kurz darauf den gesuchten herauszog. Der Absender war eine Dame, die in der Pimlico Road wohnte. Anthony notierte sich die Adresse. Der Name, den die Briefschreiberin angegeben hatte, interessierte ihn wenig, obwohl er deutlich als Caroline Smith zu entziffern war.
Am nächsten Vormittag suchte er die angegebene Adresse auf und fand sich in einer billigen Pension. Ja, Mrs. Smith habe eine Zeitlang hier gewohnt, sei aber schon lange ausgezogen. Sie habe angegeben, daß sie Sekretärin sei.
»Haben Sie eine Ahnung, bei wem sie gearbeitet hat?«
»Ja. Bei einem Mr. Digle«, antwortete die Pensionsinhaberin.
In der darauffolgenden Nacht wurde Digles Büro und

Geldschrank ein Besuch abgestattet. Es war gegen ein Uhr morgens, als jemand durch das hintere Fenster eindrang. Das einzige, was der Einbrecher aus dem Geldschrank herausnahm, war ein Bündel Papiere, die er lange studierte. Erst kurz vor der Morgendämmerung drehte er das Licht aus, entfernte die vor das Fenster gehängte Decke, steckte einige Papiere ein, legte die restlichen zurück und verließ das Büro.
Am Embankment wartete ein Wagen auf ihn, und eine Viertelstunde später befand er sich bereits auf der Straße nach Brighton. Doch erst in East Grinstead, wo sie frühstückten, erzählte Anthony seinem Freund Paul, was er entdeckt hatte.
»Die Sache ist mir nun völlig klar«, meinte er. »Digle kann den Hals nicht voll genug kriegen. Nicht allein, daß er die Kinder reicher Eltern schröpfte, nein, er versucht auch die Hinterbliebenen gefallener Offiziere zu betrügen. Die Schuldscheine, die er ihnen vorlegte, sind fast alle Fälschungen. Die Unterschriftsproben hat er sich durch Bitten um Autogramme verschafft. Daß er große Wettverluste erlitten habe, ist ein Gerücht. Ich habe seine Bücher geprüft. Er hat ein Bankguthaben von über achtzigtausend Pfund.«
»Das hat er sich schlau ausgedacht«, warf Paul ein. »Er wußte, daß es den meisten Leuten weniger aufs Geld als auf den Ruf der teuren Toten ankommt und daß deshalb ohne weiteres gezahlt werden würde. Das ist der gemeinste Trick, der mir je in meinem Leben untergekommen ist.«
Anthony nickte zustimmend. »Du würdest mir also dabei helfen, diesem Kerl das Handwerk zu legen?«
»Nichts lieber als das. Wie willst du die Sache angehen?«
»Zunächst einmal muß ich die Gewohnheiten unseres Freundes studieren. Alles weitere wird sich ergeben.«
Digle war ein Mann, dessen ganzes Leben nach einem gewissen Schema verlief und außerordentlich methodisch war. Er war, was sparsame Lebenshaltung betraf,

ein Genie und rühmte sich des öfteren, daß er sich mit einem halben Penny mehr Vergnügen verschaffen könne als ein anderer mit einem Shilling. Von Gestalt war er dick und untersetzt, und er hatte ein stark gerötetes Gesicht. Er kleidete sich wie ein Mann der Kirche, was ihm einen Hauch von Respektabilität und Frömmigkeit verlieh. Was seine Charaktereigenschaften betraf, so hielt man ihn in seiner näheren Umgebung für einen sympathischen und sogar wohltätigen Menschen. Seine Hilfe den Bedürftigen gegenüber drückte sich jedoch mehr durch Ratschläge als durch Taten aus. Er war begierig, Geld zu verdienen, und fürchtete nichts mehr, als es wieder zu verlieren.

Ferner war er außerordentlich diskret und verschwiegen, und so war es kein Wunder, daß er sich auch eine außerordentlich diskrete und verschwiegene Bank ausgesucht hatte, um dort sein Vermögen zu deponieren. Es war die Pollack's Private Bank, der er sein Vertrauen geschenkt hatte, und sie bestand schon seit mehr als einem Jahrhundert. Über Mr. Digle wurden auch anrüchige Dinge erzählt, die sogar zu polizeilichen Ermittlungen geführt hatten, aber man konnte ihm nie etwas nachweisen.

Eines Tages saß er, vor sich eine Zeitung, in seinem Büro, als seine Sekretärin, eine ältere Dame, einen Besucher meldete.

»Ein junger Mann wünscht Sie zu sprechen, Mr. Digle.«

»Wie sieht er denn aus?« fragte dieser vorsichtshalber.

»Ich glaube, daß er ein Kunde ist. Er ist ganz aufgeregt.«

Nachdenklich kratzte sich Digle am Kinn. »Lassen Sie ihn hereinkommen«, entschied er.

Die Sekretärin hatte recht. Der Besucher war sichtlich aufgeregt. Es war genau vierzehn Uhr zwanzig, und man sollte die Zeit in Erinnerung behalten, da sie für den Verlauf dieser Geschichte wichtig ist.

»Nun«, begrüßte Digle leutselig den jungen Mann, »womit kann ich Ihnen dienen?«

Der Besucher warf einen Blick auf die noch immer war-

tende Sekretärin. Auf einen Wink Digles hin zog sie sich zurück.
»Ich möchte Sie in einer persönlichen Angelegenheit sprechen.«
»Setzen Sie sich«, lud ihn der Hausherr ein. »Zigarette?«
Der andere nahm sie dankend. Mit zitternden Fingern zündete er sie an.
»Ich muß mich darauf verlassen können, Mr. Digle, daß alles, was ich Ihnen jetzt mitteile, unter uns bleibt.«
Ein melodramatischer Anfang, ganz nach Digles Herzen.
»Diese Wände haben schon viele Geheimnisse mit anhören müssen«, beruhigte er seinen Besucher. »Nichts davon ist an die Öffentlichkeit gedrungen. Sprechen Sie ruhig und unbesorgt.«
»Und wenn es sich nun um eine Sache handelte«, fragte er und blickte Digle verstohlen an, »die ein Verbrechen beträfe?«
Digle lächelte verhalten. »Das geht mich nichts an. Ich kümmere mich nicht um solche Dinge. Erzählen Sie, warum Sie gekommen sind, und seien Sie versichert, daß mir Ihr Geheimnis heilig ist.«
Der Besucher schien sich allmählich zu beruhigen.
»Ich danke Ihnen, Sir. Man hat mir schon gesagt, daß man Ihnen volles Vertrauen schenken dürfe.«
»Das können Sie auch.« Digle war auf die Geschichte seines Besuchers höchst gespannt.
»Vor allen Dingen möchte ich vorausschicken, Mr. Digle, daß ich für mehr als zweitausend Pfund englische Kriegsanleihe besitze, die ich, wenn ich wollte, morgen zu Bargeld machen könnte. Ich habe sie bei mir.« Er griff in die Tasche und holte einen dicken Briefumschlag hervor.
Digle war nicht wenig überrascht. Die Leute waren selten, die mit zweitausend Pfund in der Tasche zu ihm kamen.
»Ich brauche nur bis morgen eintausend Pfund in bar, Sir«, fuhr der andere fort. »Ich werde Ihnen Zinsen zahlen und diese Anleihestücke als Sicherheit hinterlegen.«
»Das wird sich wohl machen lassen«, erwiderte Digle und

Digle ging geradewegs zum Kassenschalter. Der grauhaarige Kassierer begrüßte ihn mit einem Kopfnicken.
»Wie hoch beläuft sich mein Guthaben?« fragte Digle mit einem Blick auf die Wanduhr.
Nach wenigen Minuten gab ihm der Beamte die erbetene Auskunft. »Neunundsiebzigtausendachthundertzweiundvierzig Pfund, Sir.«
Ohne ein Wort zu sagen, füllte Digle einen Scheck aus und reichte ihn dem Kassierer.
»Sie wollen Ihr ganzes Geld abheben?« fragte dieser. »Damit wird Ihr Konto gelöscht sein, Sir.«
Digle nickte nur. Was kümmerte es ihn, was aus der Bank wurde, wenn sein Scheck ausbezahlt worden war?
Der Kassierer verließ den Schalter, und Digle wartete. Würde der Direktor kommen und ihn bitten, sein Geld auf der Bank zu lassen? Würde man überhaupt noch zahlen können? Doch nichts geschah. Der Kassierer zählte neunundsiebzig Tausendpfundnoten ab, fügte noch einige kleine Banknoten hinzu und widmete sich seiner früheren Beschäftigung.
Mit zitternder Hand steckte der Verleiher das Geld in seine Tasche. Um genau zwei Minuten vor drei verließ er die Bank. Kaum hatte er den Bürgersteig betreten, als ihn jemand am Arm berührte.
»Ihr Name ist Digle, nicht wahr?« fragte der Unbekannte.
»Ja, so heiße ich.«
»Ich bin Inspektor Rause von Scotland Yard, Sir. Ich habe einen Haftbefehl gegen Sie wegen Urkundenfälschung. Sie werden beschuldigt, den Namen von Edward Sinclair unter einen Schuldschein gesetzt zu haben, um von seiner Witwe tausend Pfund zu kassieren.«
»Was soll das heißen?« Digle war entsetzt. »Das ist eine gemeine Lüge.«
»Wollen Sie mir bitte unauffällig folgen?«
»Natürlich.«
Die beiden stiegen in ein wartendes Taxi. Der Beamte setzte sich Digle gegenüber.

»Strecken Sie Ihre Hände aus«, befahl er ihm.
»Ich erhebe Einspruch ...« Ehe Digle noch den Satz beenden konnte, hatte ihm der Inspektor Handschellen angelegt.
»Später können Sie protestieren, soviel Sie wollen. Ich tue nur meine Pflicht.« Er zog aus einem Etui eine Zigarette und bot Digle ebenfalls eine an. Dieser lehnte zuerst ab, nahm sie aber dann doch.
»Sie werden bald sehen, daß Sie sich geirrt haben.«
Der Beamte hielt ihm ein Streichholz hin, und Digle machte einen tiefen Zug. Plötzlich hatte er das Gefühl, daß die Zigarette merkwürdig schmeckte, und ihm wurde leicht schwindlig.
»Was hat das zu bedeuten?« fragte er benommen.
»Das werden Sie bald wissen«, erhielt er zur Antwort.

Am selben Abend hörte ein Spaziergänger aus einem Gebüsch am Chislehurst ein Stöhnen. Als er nachsah, fand er einen gutgekleideten Herrn, der mit verstörtem Gesichtsausdruck um sich blickte. Seine Hände waren gefesselt, seine Taschen völlig leer.
Nur langsam konnte man aus dem wirren Bericht des noch immer halb Betäubten klug werden. Aber um diese Zeit befanden sich der Mixer – der aufgeregte junge Mann, der Digle im Büro aufgesucht hatte, um seinem Bruder zur Flucht zu verhelfen – sowie der Taxifahrer – Paul – bereits weit weg vom Schauplatz des Geschehens.

—

Mr. Limmerburgs Reinfall

»Schön«, sagte Anthony. »Ich habe so etwas erwartet.« Paul nahm die Zeitung, die sein Freund hingelegt hatte, und runzelte die Stirn.

»Seit wann interessierst du dich für Sport, Anthony?« fragte er verwundert. »Hast du einen Gewinner gefunden?«

»Ja und nein. Entschuldige die orakelhafte Antwort, Paul, aber wenn du die Schlußzeilen der letzten Spalte auf der ersten Seite gelesen hast, wird dir klarwerden, was ich meine. Mr. Limmerburg ist vor den Jockeyclub-Ausschuß geladen worden, um sich wegen einiger Unregelmäßigkeiten zu verantworten.«

»Und?«

»Wenn dies noch einmal geschieht, darf keines von Michael Limmerburgs Pferden mehr in einem Rennen laufen. Und das fürchtet er am meisten. Er hat Ehrgeiz, der junge Mann. Seine Frau will endlich zur Gesellschaft von Maida Vale gehören; außerdem besuchen seine beiden Jungen das College, und auch er wird sein Lebensziel erst als erreicht betrachten, wenn er in der Politik so weit ist, daß er eines Tages geadelt wird.«

»Wer ist denn dieser Michael Limmerburg eigentlich?« fragte Paul. »Ich weiß nur, daß er einen Rennstall hat.«

»Limmerburg«, erklärte Anthony, »ist der Besitzer der Firma Mackintosh & Grimstead, der größten Buchmacherfirma in England. Daneben hat er noch ein halbes Dutzend andere Betriebe. Und außerdem ist er ein Mann, der unter der Maske eines Wohltäters arglose junge Leute ausnimmt und so ein Vermögen macht. Man sagt, er sei

es gewesen, der den jungen Sollson ruiniert hat, obwohl er ein Landsmann von ihm war.«
»Und was beabsichtigst du gegen ihn zu unternehmen? Willst du ihn von den Rennplätzen verweisen lassen?«
»Nein«, erwiderte Anthony nachdenklich. »So grausam bin ich nun auch wieder nicht. Aber bist du nicht ebenfalls der Ansicht, daß er zuviel Geld hat und der Tag gekommen ist, da wir ihn ein wenig schröpfen sollten?«
Paul nickte und wandte sich wieder seiner Patience zu.
»Kannst du ein Pferd von einem Esel unterscheiden, Paul?« fragte ihn Anthony nach einer Weile.
»Ich schmeichle mir . . .«, begann Paul.
»Das brauchst du nicht erst zu erwähnen«, unterbrach ihn sein Freund. »Scherz beiseite. Verstehst du etwas von Rennpferden?«
»Ich glaube doch«, antwortete Paul ernst, aber um seine Lippen zuckte es verräterisch. »Vielleicht erinnerst du dich daran, daß mein alter Herr früher einen Rennstall besessen hat.«
»Um so besser. Hör zu. Ich möchte, daß du im Land umherreist und dich bei Trainern nach einem guten Rennpferd erkundigst, das man unter der Hand kaufen könnte. Es soll ein wirklich gutes Pferd sein, wenn auch gerade kein Favorit. Der Preis ist Nebensache. Verstehst du, was ich haben will?«
»Ja, ich glaube schon.«
»Das Pferd muß bis Monatsende soweit sein, zu einem Rennen zugelassen zu werden. Bleibe bei deinen Nachforschungen mit mir in Kontakt, und ich glaube, ich kann dir allerhand Spaß versprechen.«
Die Auskünfte, die der Mixer seinem Freund Paul über Michael Limmerburg gegeben hatte, waren weit hinter den wirklichen Tatsachen zurückgeblieben. Limmerburg war das, was man einen Schieber nannte.
Der Mann war groß, ziemlich dick, aber dennoch von stattlichem Äußeren. Er war für seinen Geschmack bekannt, der ihn stets die modernste und passendste Klei-

dung wählen ließ. Von ruhigem Wesen, offen jedem Menschen gegenüber, genoß er in allen Kreisen ein hohes Ansehen. Bei wichtigeren Rennen fehlte er nie, wettete aber nur selten. Er war, wie Anthony erwähnt hatte, nicht nur Eigentümer der Buchmacherfirma Mackintosh & Grimstead, sondern besaß auch zahlreiche kleinere Firmen, die Rennwetten auf Kredit annahmen. Aus allen seinen Unternehmungen heimste er ansehnliche Reingewinne ein. Gerade die Mannigfaltigkeit seiner Geschäfte trug dazu bei, ihm das Ansehen, das er genoß, zu verleihen.
Eines Abends aßen er und sein stetiger Bewunderer Stinie Moss im Manchester Grand Hotel zu Abend. Sie schienen noch auf jemanden zu warten, denn Limmerburg blickte immer wieder ungeduldig auf seine kostbare Uhr. Es war jetzt drei Wochen her, daß der Mixer sich seinen Plan zurechtgelegt hatte, wie er Limmerburg um sein Geld bringen würde. Sein Opfer war in bester Stimmung.
»Nun, was meinte denn Bill?« fragte er, zum fünftenmal auf seine Uhr schauend.
»Wozu? Ach so, wegen Billy Boy, wie?«
Limmerburg nickte.
»Billy Boy!« stieß Stinie verächtlich aus. »Der Gaul würde nicht mal eine Schildkröte schlagen. Eins kannst du mir glauben, Michael, dein neuer Freund ist der größte Idiot, der mir jemals untergekommen ist.«
»Dieses Wort darfst du niemals gebrauchen, Stinie«, rügte er. »Die Herren, die mit mir verkehren, sind keine Idioten, merk dir das. Und ganz besonders nicht mein junger Freund Mr. Cannes.«
»Warum aber, um Gottes willen, hat er Billy Boy gekauft?« fragte Moss neugierig. »Beim letzten Rennen war er wieder unter ›ferner liefen‹.«
»Ich habe Mr. Cannes zugeredet, das Pferd zu kaufen«, gestand Limmerburg.
»Und das Geld? Wo hat er das her? Ist es nicht eine Gemeinheit, daß Leute wie er soviel Geld haben, während jemand wie ich immer mit leeren Taschen herumläuft!«

»Sein Vater, der in Argentinien lebt, scheint sehr reich zu sein. Als er mit mir in Geschäftsverbindung trat, brachte er einen Bankauszug mit, der fünfzigtausend Pfund schwer war.«
»Warum aber einen Gaul wie Billy Boy? Nicht einen Penny ist der wert. Er hat ein einziges Rennen gewonnen, und das nur, weil er gedopt war.«
»Pst, Cannes kommt«, flüsterte Limmerburg.
Ein elegant gekleideter, gutaussehender junger Mann schritt auf die beiden Wartenden zu und begrüßte Limmerburg.
»Darf ich Ihnen meinen Freund vorstellen?« Der Buchmacher deutete auf Stinie.
»Nett, Sie kennenzulernen«, sagte Cannes. »Limmerburgs Freunde sind auch meine.«
»Haben Sie sich die Sache mit Billy Boy schon überlegt?« erkundigte sich Limmerburg, als der junge Mann Platz genommen hatte.
Überrascht blickte ihn Cannes an. »Die Sache mit Billy Boy? Nein. Er befindet sich, wie Sie wissen, beim Trainer, und wie mir dieser mitteilte, macht er sich sehr gut.«
»Hm. Wenn Sie wirklich glauben, daß Ihr Pferd fit ist, würde ich Ihnen raten, am Samstag auf ihn zu setzen.«
»Meinen Sie denn, daß er eine Chance hat?«
»So sicher wie das Amen in der Kirche. Die anderen werden nicht gegen ihn ankommen.«
Nachdenklich rieb sich Cannes das Kinn. »Ich bin da gar nicht so sicher. Ich habe mir die Starterliste angesehen, und, verdammt noch mal, es sind wirklich gute Pferde genannt.«
»Ach was, die Starterliste will gar nichts besagen«, beruhigte ihn der Buchmacher. »Mit zwei Längen wird er vor den anderen durchs Ziel gehen. Sie wissen ja gar nicht, was für ein Wunderpferd Sie gekauft haben, Mr. Cannes.«
Der junge Mann strahlte. »Ja, Sie haben recht. Ich habe mir selbst zu dem guten Kauf gratuliert.«

Limmerburg mußte sich beherrschen, um nicht aufzulachen, aber laut stimmte er seinem Opfer zu. Nach wenigen Minuten beschäftigten sich die Herren mit dem Plan, den Cannes ausgearbeitet hatte, um die Buchmacher ein wenig zu schröpfen.

»Ich würde Ihnen raten«, sagte Limmerburg, »niemanden wissen zu lassen, daß Sie auf Ihr eigenes Pferd setzen.«

»Aber wie soll ich das geheimhalten?« fragte Cannes.

»Indem Sie Ihre Gelder telegrafisch bei verschiedenen Buchmachern anlegen. Ich kenne selbst mehr als ein halbes Dutzend Leute, die bis zu fünfhundert Pfund annehmen würden. Folgen Sie meinem Rat.«

»Das ist ein schlauer Gedanke«, erwiderte Cannes nach kurzer Überlegung. »Was mache ich aber, wenn ich gewinne, und die Kerle leugnen ab, daß sie meine Wetten erhalten haben?«

»Das können sie nicht, wenn Sie sich vorher haben bestätigen lassen, daß sie Ihre Wetten angenommen haben. Kommen Sie, wir wollen ins Schreibzimmer gehen. Dort gebe ich Ihnen meine Adressen. Sie brauchen keine Angst um Ihr Geld zu haben, denn sie sind alle seriöse und wohlbekannte Geschäftsleute.«

»Aber die Starterliste?«

»Zerbrechen Sie sich nicht den Kopf über diese Dinge«, beruhigte ihn Limmerburg. »Year Book, das Pferd, das so gelobt wird, hat gegen Billy Boy überhaupt keine Chance.«

Mr. Limmerburg war so entgegenkommend, seinem jungen Freund etwa acht Adressen von Buchmachern zu nennen, die, wie er sagte, sicherlich telegrafische Wetten ausführen und im Gewinnfall ohne weiteres zahlen würden.

Am selben Abend noch hatte Limmerburg ein langes Gespräch mit Moss.

»Year Book ist ein tadelloses Pferd, gegen den Billy Boy überhaupt keine Chance hat. Als Besitzer ist ein Mr. Paul Robinson genannt. Wer mag der Mann sein?«

Stinie lachte leise. »Wahrscheinlich genauso ein Typ wie Cannes«, meinte er. »Er hat mehr Geld, als er ausgeben kann. Sein Vater war in der Automobilbranche und hat sich gleichfalls dem Rennsport gewidmet.«
»Können wir ihn kaufen?« fragte Limmerburg.
»Leicht«, antwortete Stinie Moss. »Er wohnt hier im Hotel und hat, soviel ich weiß, unter den Rennleuten wenig Bekannte. Wenn du willst, rede ich mit ihm.«
»Nein, das werde ich selbst besorgen.«
Ja, Mr. Robinson befand sich, wie der Portier auf Limmerburgs Frage mitteilte, in seinem Zimmer. Dem Mutigen gehört die Welt. Er beschloß, den Stier bei den Hörnern zu packen. Er klopfte an der Tür von Mr. Robinson an und betrat nach einem »Herein« den Raum. Dieser saß, mit einem eleganten Morgenmantel bekleidet, in einem Lehnstuhl, in der Hand ein Buch, im Mund eine Pfeife.
»Entschuldigen Sie, daß ich so spät noch störe, Mr. Robinson. Ich heiße Limmerburg. Sie werden vielleicht schon von mir gehört haben.«
»Ja, ich habe schon von Ihnen gehört. Setzen Sie sich doch bitte. Womit kann ich Ihnen dienen?«
»Ich befinde mich in einer prekären Lage, Mr. Robinson. Sie lassen am Samstag ein Pferd laufen, nicht wahr?«
»Ja, meinen Year Book. Ich glaube, er wird der Sieger werden.«
»Nun«, sagte Mr. Limmerburg in feierlichem Ton, »dann möchte ich Ihnen mitteilen, daß einer meiner nettesten jungen Freunde ruiniert sein wird.«
Mr. Paul Robinson riß erstaunt die Augen auf. »Wie meinen Sie das?« fragte er verwundert.
»Ich werde es Ihnen erklären«, erwiderte der Bursche, der ein glänzender Lügner war. »Mr. Cannes – der junge Freund, von dem ich sprach – hat sein Pferd Billy Boy eintragen lassen. Bitte, sprechen Sie mit niemandem darüber, Sir.«
»Unsere Unterredung betrachte ich als streng vertraulich.«

»Mr. Cannes hat sehr schwere finanzielle Verluste erlitten, Mr. Robinson. Er will nun sein ganzes Geld auf Billy Boy setzen, um ein für allemal aus dem Schlamassel rauszukommen. Das einzige Pferd, das wirklich ein Gegner für das seine wäre, ist Year Book.«
Mr. Robinson schien nachzudenken.
»Nun, dann lasse ich eben mein Pferd nicht laufen«, entschloß er sich. »Es ist ja noch für mehrere Rennen eingetragen und wird wohl eines davon gewinnen. Welches, ist ja gleichgültig.«
Mr. Limmerburg schüttelte den Kopf. »Nein, das geht nicht, Sir. Ich wollte Ihnen – bitte nehmen Sie mir meinen Vorschlag nicht übel – raten, Year Book zwar laufen zu lassen, aber so, daß er . . .«
». . . verliert«, vollendete Robinson den Satz. »Nun, das ließe sich bei entsprechender Entschädigung wohl machen.«
Diese Worte verschlugen dem erstaunten Limmerburg den Atem. Er hatte beabsichtigt, bei diesem Mr. Robinson seine ganze Überzeugungskunst aufzubieten, und fand zu seinem Erstaunen, daß der junge Pferdebesitzer nicht ganz so jung und unerfahren war, wie er aussah. Limmerburg hatte schon vieles erlebt, aber eine derart offen zur Schau getragene Skrupellosigkeit war ihm noch nicht untergekommen. Er lachte.
»Oh, da werden wir uns schon einigen«, erwiderte Limmerburg. »Was halten Sie von hundert Pfund?«
»Fünfhundert sofort bar auf den Tisch, und Year Book ist für das Samstagrennen tot und begraben.«
Der Blick, mit dem Limmerburg Robinson musterte, wurde immer bewundernder. Er holte seine Brieftasche hervor und zog fünf Einhundert-Pfund-Noten heraus. »Sie sind ein gerissener Ganove.«
»So ist es. Wollen Sie ein Gläschen mit mir trinken?«
Limmerburg nahm dankend an. Wenige Minuten später ging er hinunter in die Halle, wo Ross schon auf ihn wartete.

»Alles klar, Stinie. Es bedurfte keiner großen Überredungskünste; ich habe die Sache geregelt. Er wollte sein Pferd gar nicht laufen lassen, aber das hätte uns nichts genützt. Jetzt werden wir gegen Year Book wetten.«
»Dann wird es mit seiner Favoritenherrlichkeit bald vorbei sein«, prophezeite Stinie, und er sollte recht behalten.
Der Renntag war für Mr. Limmerburg eine Goldquelle geworden. Zwischen zwei Rennen sah er den aufgeregten Mr. Cannes auf sich zukommen.
»Alles läuft prima«, sagte der junge Mann begeistert. »All die Leute, die Sie mir genannt haben, haben meine Wetten angenommen und bestätigt. Viertausend Pfund im ganzen.«
»Bravo. Vergessen Sie nur nicht Ihre alten Freunde, wenn Sie gewinnen.«
»Das werde ich nicht«, versprach der Glückliche. »Sie haben mir einen großen Gefallen erwiesen, und ich bin nicht undankbar. Glauben Sie, daß ich mich auf diese Buchmacher verlassen kann?«
»Ganz bestimmt. Kommen Sie, wir wollen uns das Rennen ansehen.«
»Sie glauben doch nicht, daß Year Book gewinnt?«
»Nein«, sagte Limmerburg im Brustton der Überzeugung, denn er hatte ja ein Vermögen gegen das Pferd gesetzt. Irgendwie war das Gerücht aufgekommen, Year Book sei nicht in Form, und er war nicht mehr wie bisher der Favorit. Man konnte Wetten mit 5:1 abschließen, während noch heute morgen solche mit 1:2 nur mit Achselzucken entgegengenommen worden waren.
Die Pferde kamen gut weg. Year Book setzte sich an die Spitze, und Billy Boy war auf dem Platz, den Limmerburg ihm vorausgesagt hatte: dem letzten.
Immer noch den Blick auf Year Book gerichtet, wandte sich Limmerburg an Moss. »Year Book läuft mir zu gut«, sagte er, ohne seine Besorgnis zu verbergen.
»Er wird gleich zurückfallen«, tröstete ihn Stinie. »Harrogate macht das Rennen.«

Aber Year Book fiel nicht zurück. In der Kurve war er immer noch vorne und setzte auch seinen weiteren Weg wie eine gut geölte Maschine fort. Mit vier Längen ging er als Sieger durchs Ziel.
Die Ausdrücke, mit denen Limmerburg Robinson bedachte, waren nicht gerade freundlich.
»Er hat uns aufs Kreuz gelegt. Na, halb so schlimm. Wir machen unseren Verlust an Billy Boy wieder gut. Hier kommt das Kamel, das auf ihn gesetzt hat.«
Das Kamel war Mr. Cannes, der sich gerade durch das Gedränge seinen Weg bahnte.
»Dabei macht er noch ein ziemlich fröhliches Gesicht. Wir müssen ihn noch mehr zur Ader lassen«, sagte Limmerburg. »Hallo, Mr. Cannes! So ein Pech!«
»Meinen Sie wegen Billy Boy?«
»Natürlich. Ich war sicher, daß er gewinnen würde.«
»Ich nicht«, erwiderte Cannes.
»Sie nicht?« Limmerburg war überrascht.
»Ganz und gar nicht. Ich wußte, daß er Letzter werden würde. Und das ist er ja auch geworden, nicht wahr?«
Ein furchtbarer Gedanke tauchte in Limmerburg auf.
»Auf welches Pferd haben Sie denn gewettet?« fragte er.
»Auf Year Book natürlich. Ich habe viertausend Pfund auf ihn gesetzt«, antwortete Cannes lächelnd. »Lauter verläßliche Buchmacherfirmen, Mr. Limmerburg – Firmen, an denen Sie größtes Interesse haben dürften.«
Limmerburg schien einem Schlaganfall nahe zu sein.
»Erwarten Sie wirklich, daß Sie Ihre Gewinne ausbezahlt bekommen?« fragte er höhnisch, als er sich ein wenig von seinem Schrecken erholt hatte.
»Natürlich, was glauben Sie denn? Ich weiß, daß ich mein Geld bekomme, denn ich bin überzeugt, daß Sie nichts weniger wünschen, als schon wieder vor dem Jockeyclub-Ausschuß erscheinen zu müssen.«
Mr. Limmerburg antwortete nicht, sondern schluckte nur.
Später am Tag jammerte er Moss die Ohren voll.

»Wir sind reingelegt worden, und ich muß die Medizin schlucken, ob ich will oder nicht. Ich wette, die beiden haben zusammengearbeitet. Der eine hat fünfhundert Pfund in bar ergaunert, und der andere, mein Gott, beinahe zwanzigtausend Pfund.«
»Warum mußt du denn zahlen?« wollte Stinie wissen.
»Ja, glaubst du denn, ich will schon wieder vor den Jokkeyclub-Ausschuß zitiert werden? Ich habe zwei Jungen auf dem College, und an meine Frau muß ich auch denken. Wenn ich nur wüßte, wer die beiden Halunken sind.«
Er erfuhr es niemals. Der Mixer hatte seine und Pauls Identität zu gut verborgen.

Engster Wettbewerb und seine Folgen

Mrs. Millicent K. Yonker hieß die ungemein reiche Dame, die 496 Fortman Square wohnte. Das Palais hatte sie vom Earl of Brandsham gemietet. Sie besaß nicht nur eine Loge in der Königlichen Oper, sondern auch sonst alles, was das Leben einer Frau verschönte. Bei ihren Freunden war sie jedoch besser unter dem Namen Milwaukee Meg bekannt. Sie war eine schlanke, recht ansehnliche junge Person mit hübschen, vielleicht etwas zu hellen Augen und üppigem rotgoldenem Haar.
Sie saß gerade in ihrem künstlerisch ausgestatteten Umkleidezimmer, als sich ein junger Mann bei ihr melden ließ. Mit sachverständigen Augen musterte er die wundervolle Perlenkette, die den schlanken Hals der Hausherrin schmückte, warf abschätzende Blicke auf die kostbaren Brillantringe an ihren Fingern und betrachtete mit Kenneraugen die liebreizende Gestalt der Dame.
»Mr. Anthony Smith«, las sie die Visitenkarte. »*Daily Megaphone*. Sind Sie Reporter?«
Sie sprach mit breitem amerikanischem Akzent. Der Reporter verbeugte sich.
»Sie wollen mich wegen des Wohltätigkeitsbasars interviewen, den ich zu veranstalten beabsichtige?«
»Nein, eigentlich nicht. Es handelt sich um Mr. Seton Kerriman, über den ich von Ihnen gerne einige Auskünfte hätte, Mrs. Yonker«, antwortete Anthony.
Falls er geglaubt hatte, Mrs. Yonker würde bei der Nennung des Namens erschrecken oder gar erblassen, hatte er sich getäuscht. Sie beschränkte sich auf ein leichtes Stirnrunzeln.

»Mr. Seton Kerriman?« wiederholte sie nachdenklich. »Der Name kommt mir bekannt vor.«
»Es ist der Herr, der sich gestern im High Cross Hotel erschoß«, half ihr Anthony auf die Sprünge.
»Entsetzlich! Aber warum kommen Sie da zu mir? Ich kenne ihn doch gar nicht.«
»Doch, ich glaube schon. Darf ich mich setzen?«
Sie nickte. »Was bringt Sie auf die Idee, daß mir der Mann bekannt war?« erkundigte sie sich.
»Die Tatsache, daß er vor drei Tagen mit Ihnen speiste, und außerdem ist mir bekannt, daß Sie vorige Woche mit ihm zusammen das Theater besuchten, und er nur deshalb von Leicester nach London gekommen ist, um Ihnen, damit Sie schweigen, fünftausend Pfund zu zahlen.«
Wieder nur ein leichtes Stirnrunzeln. »Damit ich schweige?« fragte Mrs. Yonker verwundert. »Das klingt recht romantisch.« Die Ironie war unverkennbar. »Schweigen über was, Mr. Smith?«
»Sie haben durch Ihre Leute ausfindig gemacht, daß der unglückselige junge Mann in Südafrika im Zuchthaus gesessen hatte. Das war, ehe er die Hinterlassenschaft seines Onkels antrat. Seit drei Jahren zahlte er Ihnen ein jährliches Schweigegeld von fünftausend Pfund, fällig jeweils am 21. Juni. Zum Selbstmord wurde er durch Ihre kürzlich an ihn gestellte Forderung von fünfundzwanzigtausend Pfund getrieben.«
Sie zuckte bei diesen Anschuldigungen nicht einmal zusammen, sondern musterte ihn nur mit einem spöttischen Lächeln.
»Klug, sehr klug«, sagte sie schließlich. »Wie ist es Ihnen denn gelungen, das alles herauszubekommen?«
»Das hat ja mit der Sache nichts zu tun«, wies Anthony die Frage zurück.
»Jetzt hören Sie mir mal gut zu.« Ihre Wangen röteten sich leicht. »In London treibt sich seit einiger Zeit ein Gauner herum, der andere Gauner um die Früchte ihrer

Arbeit bringt. Man kennt ihn unter dem Namen Mixer. Sie doch auch, oder?«

»Ja.«

Sie spielte mit ihrem Spitzenkragen und fuhr fort, ohne ihn dabei anzusehen: »Er hat sich darauf verlegt, arme Gauner, die endlich einmal einen Coup gelandet haben, auszunehmen. Da ist es doch leicht denkbar, daß er auch versucht, Erpresser zu erpressen.« Sie blickte kurz auf. »Nun?« fragte sie.

Anthony lächelte. »Zwanzigtausend Pfund Schweigegeld, Mrs. Yonker«, sagte er.

Sie nickte. »Dachte ich es mir doch!« Lachend schritt sie zu ihrem Pult. »Sie halten mich für so klug, das viele Geld zu verdienen, das Sie vorhin erwähnten. Und ich sollte mich von einem Fremden, den ich das erstemal in meinem Leben sehe, so ins Bockshorn jagen lassen?«

Anthony lachte ebenfalls. »Im Gegenteil, Mrs. Yonker«, erwiderte er. »Ich halte Sie für eine sehr vorsichtige Person. Hinter dieser Tür dort« – er wies mit dem Finger darauf – »steht Mr. van Deahy, einer Ihrer Beschützer. Und durch klug versteckte Gucklöcher beobachtet uns Mr. Thomas Sethern, ein weiterer Beschützer.«

»Hervorragend«, sagte sie spöttisch. »Aber ich bin über Ihre Kenntnisse gar nicht so überrascht, wie Sie vielleicht glauben. Ich wußte, daß ein Mann, der einen Ruf wie Sie genießt, sich über die Lage der Dinge vorher eingehendst unterrichten würde.« Sie öffnete ein auf dem Rauchtisch liegendes Etui, nahm sich eine Zigarette heraus und bot auch ihm eine an.

»Sie können doch eigentlich mit uns zusammenarbeiten«, schlug sie vor.

»Danke, nein.« Er schob das Etui zur Seite. »Und das bezieht sich sowohl auf Ihr Angebot der Mitarbeit als auch auf diese präparierten Zigaretten. Was mich interessiert, ist Ihre Entscheidung bezüglich des Schweigegeldes.«

»Die kann ich Ihnen sofort mitteilen. Sie werden es nicht bekommen.«

Ein leises Klopfen drang an Anthonys Ohr. Es kam aus der Richtung der Tür, hinter der Mr. van Deahy stand.
»Ich werde mit meinen Freunden darüber reden«, erklärte nun Mrs. Yonker, die das Klopfen ebenfalls gehört zu haben schien. »Wie Sie vorhin ganz richtig bemerkten, befindet sich jemand im Nebenzimmer.«
Anthony verbeugte sich, und Mrs. Yonker verließ ohne ein weiteres Wort den Raum. Sie blieb nur kurz weg.
»Mein Freund willigt ein«, sagte sie. »Er glaubt zwar, daß die verlangte Summe unverschämt hoch ist, ist aber trotzdem bereit zu zahlen. Doch was für eine Garantie haben wir, daß Sie uns zukünftig in Ruhe lassen?«
»Ich fürchte, keine. Und außerdem muß ich Sie bitten, England auf dem schnellsten Weg zu verlassen. Das Geld, das Sie mir zahlen, ist der Kaufpreis für Ihre Freiheit.«
Sie nickte langsam. »Gut. Kommen Sie heute abend um acht Uhr wieder. Natürlich haben wir nicht so viel Geld im Haus.« Sie erhob sich. »Also um acht Uhr.«
Anthony ging weniger ruhig, als er gekommen war. Mrs. Yonkers Bereitwilligkeit, ihm den Betrag von zwanzigtausend Pfund zu zahlen, beunruhigte ihn. Als er im Hotel war, beriet er sich mit Paul, der ihn erwartet hatte.
»Die ganze Sache ging viel zu glatt«, sagte er. »Sie hat noch irgendeinen Trumpf in der Hand.«
»Ich glaube, diesmal hast du es an Diplomatie fehlen lassen«, erwiderte Paul etwas vorwurfsvoll. »Du entdeckst eine Erpresserbande, und statt ihr mit allen deinen Künsten zu Leibe zu rücken, eröffnest du den Angriff ohne jede Vorsichtsmaßnahme. Hältst du Mrs. Yonker wirklich für so dumm, daß sie auf Anhieb klein beigibt?«
Anthony schüttelte den Kopf. »Bei der Art Frauen, zu denen sie gehört, kannst du nur etwas auf direktem Weg erreichen, Paul«, gab er zu bedenken. »Ihr Aufklärungsdienst ist perfekt organisiert. Mich hat sie ja auch sofort erkannt. Sie weiß genauestens über mich Bescheid.«
Nachdenklich ging er im Zimmer auf und ab.

»Diesmal stehe ich vor einer Aufgabe«, fuhr er fort, »die anscheinend nicht so leicht zu lösen ist wie sonst. Milwaukee Meg alias Mrs. Yonker befaßt sich ja nicht nur mit Erpressungen, sondern hat auch mit der Selzerbande zu tun.«
»Wie kommst du denn darauf?« fragte Paul überrascht. »Ich glaubte bisher, die Selzers seien reine Banknotenfälscher und würden alleine arbeiten. Meiner Meinung nach würde Meg kaum so sorglos vorgehen, wenn sie da ihre Finger drin hätte. Die Polizei ist den Selzers doch auf den Fersen. Aus diesem Grund hast du sie ja auch in Ruhe gelassen.«
»Das stimmt«, erwiderte Anthony. »Du weißt, daß es zu meinen Prinzipien gehört, niemals einen Gauner auszunehmen, hinter dem die Polizei her ist. Es könnte mir sonst passieren, daß ich mit ins Netz gerate. Nein, nein«, sagte er nachdenklich, »die Sache ging mir zu glatt. Seid heute abend bereit. Und sag Sandy, daß er mit dem großen Wolseley an der Ecke des Fortman Square warten soll. Du bleibst bei ihm und paßt auf, für den Fall, daß irgend etwas Unvorhergesehenes passiert. Ich werde sicherheitshalber einen Revolver mitnehmen.«
Man ließ den Mixer ohne weiteres bei Mrs. Yonker vor. Diese begrüßte ihn mit einem Lächeln, und alles schien so, als habe er keine Schwierigkeiten zu erwarten.
»Nun?« Sie blickte an ihrem Besucher vorbei zu einem Tisch, auf dem die Banknoten lagen. »Da ist Ihr Geld, Sie Gauner!«
»Hoffentlich ist es echt«, sagte er und nahm einen Schein in die Hand.
»Natürlich. Hatten Sie etwas anderes erwartet?«
»Eigentlich ja. Ich glaubte, Sie würden versuchen, mir einige der hervorragenden Exemplare Ihrer Freunde, der Selzers, anzudrehen.«
Sie schien das für einen guten Witz zu halten.
»Zählen Sie nach.«
Sobald er die Banknoten gezählt hatte, nahm sie sie ihm

ab und steckte sie in ein großes Kuvert, dessen Klappe sie zuklebte.
Anthony streckte schon seine Hand nach dem Umschlag aus, als eine schrille Stimme rief: »Hände hoch!«
Anthony fuhr herum, und ohne daß Mrs. Yonker es bemerkt hatte, hielt er schon seinen Revolver in der Rechten. Das Zimmer war leer, und nur das Schnattern eines Papageis war zu hören, von dem auch der Ruf gekommen war. Das Lachen der Hausherrin brachte Anthony ganz schön in Verlegenheit.
»Sie fürchten sich doch nicht etwa vor einem Papagei?«
»Das war nicht die Stimme des Vogels«, erwiderte er. Er stopfte den Umschlag mit den Banknoten in seine Tasche.
»Die arme Polly«, meinte sie lachend. »Sie würde stolz sein, wenn sie wüßte, daß sie dem Mixer einen Schrekken eingejagt hat. Stecken Sie ruhig Ihren Revolver ein, mein lieber Freund.«
»Ich ziehe es vor, ihn schußbereit zu haben.«
Erst nachdem die Tür hinter ihm ins Schloß gefallen war, steckte er die Waffe wieder ein. Als er die Treppe zur Straße hinunterging, sah er einige Männer auf das Haus zukommen; ein uniformierter Polizist befand sich unter ihnen.
Das also war die Falle, die man ihm gestellt hatte! Weiter hinten sah er eine Taschenlampe aufblinken. Paul machte ihn auf die drohende Gefahr aufmerksam. Einer der Männer streckte schon seine Hand nach Anthony aus. Dieser bückte sich unten durch und rannte, ohne sich auch nur ein einziges Mal umzusehen, zu der Straßenecke, wo sein Wagen stand. Von allen Seiten kamen die Pfeiftöne der überlisteten Polizeibeamten. Im selben Augenblick erreichte Anthony das Auto, in dem ihn Sandy startbereit erwartete. Paul hielt die Tür auf, und wenige Augenblicke später raste der Wagen die Oxford Street entlang, dem Soho Square und der Charing Cross Road zu.

»Bieg links ab, Sandy«, befahl Anthony. »Es wird eine Zeitlang dauern, ehe das Überfallkommando unterwegs ist. Wenn wir Glück haben, schaffen wir es bis aufs Land.«
»Hast du das Geld?« erkundigte sich Paul.
»Ja, hier ist es.«
Er zog es aus der Tasche und zeigte seinen Freunden den Umschlag. Als er versuchte, diesen zu falten, um ihn in eine kleinere Tasche zu stecken, stieß er auf Widerstand. Er riß das Kuvert auf. Im Schein der Taschenlampe sah er das Hindernis und pfiff überrascht durch die Zähne.

Zwei Tage später speiste Mrs. Yonker alias Milwaukee Meg mit Mr. van Deahy. Die Mienen der beiden waren finster.
»Es hat nicht geklappt, Meg«, sagte van Deahy.
»Was hat nicht geklappt?«
»Nun, du hattest die Gelegenheit, dem Mixer das Handwerk zu legen und gleichzeitig die Polizei von der Spur der Selzers abzulenken. Ich rate dir, Meg, schaff Adolph Selzer so schnell wie möglich aus England raus, und laß für eine Weile die Finger von der Geldfälscherei.«
»Selzer ist schon weg, und ich höre auch damit auf«, erwiderte sie. »Aber daß die Sache mit dem Mixer schiefgegangen ist, ärgert mich sehr. Ich glaubte, ich hätte ihn sicher. Als du ›Hände hoch‹ brülltest, vertauschte ich die Umschläge, und er steckte den seinen in die Tasche, ohne zu wissen, daß er genügend falsche Banknoten mit sich trug, um dafür zehn Jahre Zuchthaus zu bekommen. Um sicherzugehen, hatte ich ihm noch eine Druckplatte der Selzers reingesteckt. Ich kann nicht verstehen, daß die Polizei ihn nicht geschnappt hat. Hast du wirklich rechtzeitig angerufen?«
Van Deahy nickte. »Er hat wieder mal Schwein gehabt. Nimm dich vor ihm in acht, Meg, er wird versuchen, sich zu revanchieren.«
Sie lachte und warf einen Blick auf ihre juwelenbesetzte Armbanduhr.

»Wenn wir uns nicht beeilen, werden wir die Ouvertüre versäumen«, sagte sie und griff nach einer wunderschönen Handtasche, die neben ihr lag.
»Donnerwetter! Wo hast du denn die her?« fragte van Deahy, der sie jetzt erst bemerkte.
»Ein unbekannter Bewunderer hat sie mir geschickt. Sie muß einige hundert Pfund gekostet haben. Sieh dir nur das Diamantschloß an!« Sie öffnete die Tasche und zeigte ihm das Innere. »Und dieser Spiegel! Ist er nicht herrlich?«
Van Deahy zahlte, und die beiden traten ins Vestibül hinaus. Die Vorstellung schien schon begonnen zu haben, denn es war leer. Nur drei Herren standen vor der Tür. Als Mrs. Yonker erschien, gingen sie auf sie zu.
»Entschuldigen Sie, meine Dame«, sprach einer von ihnen sie an. »Ich bin Inspektor Colforth von Scotland Yard. Wir haben einen Hinweis bekommen, wonach Sie mit der Selzerbande in Verbindung stehen. Der eine der Selzers wurde heute in Dover verhaftet.«
Ohne mit der Wimper zu zucken, sah sie ihn an. »Das ist Unsinn, was Sie da gegen mich vorbringen«, sagte sie.
»Wir haben außerdem den Tip bekommen, daß Sie gefälschte Banknoten bei sich haben.« Er deutete auf die Handtasche. »Da drin sollen Sie sein. Und nicht nur sie, sondern auch eine Druckplatte, die angeblich hinter dem Taschenspiegel versteckt ist.«
Sie durchsuchten die Tasche und fanden sowohl das Geld als auch die Druckplatte.
Ohne eine Miene zu verziehen, vernahm Milwaukee Meg einige Wochen später das Gerichtsurteil. Erst als sie abgeführt wurde, ließ sie eine Bemerkung fallen, die den meisten im Saal Anwesenden ein Rätsel war.
»Mit dem Mixer werde ich abrechnen, sobald ich herauskomme«, sagte sie.
»Viel Spaß dabei, meine Liebe«, erwiderte Anthony, erhob sich von seinem Platz und verließ den Gerichtssaal.

Wie ein Fuchs in die Falle ging

»In die Wohnung von Mr. Heimer, 940 Parkside, Wimbledon, ist gestern eingebrochen worden. Schmuckstücke im Wert von etwa viertausend Pfund werden vermißt. Die Polizei ist der Meinung, daß auch dieses Verbrechen auf das Konto des ›Löwenzahn‹, wie er in Diebeskreisen genannt wird, geht. Das ist der siebte Einbruch in einem Monat. Die Methoden des Einbrechers waren in allen gemeldeten Fällen die gleichen. Er dringt ein, während die Hausbewohner beim Essen sitzen und so weiter und so weiter.«

»Was hältst du davon?« fragte Anthony Paul.

»Vom Löwenzahn? Nun, ich glaube, daß er ein sehr schlauer Fuchs ist. Nur gefällt mir nicht, daß er jedem unglücklichen Dienstmädchen, das ihm bei seiner Arbeit über den Weg läuft, eins mit dem Knüppel über den Kopf gibt.«

»Ja, klug ist er, aber auch brutal«, meinte Anthony nachdenklich. »Diese Brutalität zeigt, daß er kein sehr intelligenter Mensch sein kann. Nebenbei gesagt, stimmt das, was da in der Zeitung steht, nicht ganz. Das ist nicht sein siebter, sondern bereits sein neunter Einbruch. In allen Fällen, die ich von Anfang an verfolgt habe, ist sein Trick, sein Köder, derselbe.«

»Ein Köder?« Paul war offensichtlich überrascht. »Deshalb also hast du dich mit einer solchen Ausdauer in die alten Zeitungen vertieft?«

Anthony nickte. Seit drei Tagen hatte er mit einer Sorgfalt, die einer wichtigeren Sache würdig gewesen wäre, alle Zeitungen dieses Monats gelesen.

»Mir sind da einige merkwürdige Dinge aufgefallen«, fuhr er fort. »Jedesmal, wenn ein Einbruch gemeldet wurde, fand sich in den wenige Tage zuvor erschienenen Zeitungen in der ›Gesellschaftsrubrik‹ eine kleine Notiz mit der Mitteilung, daß Mr. und Mrs. Soundso dann und dann dort und dort eine Gesellschaft, einen Tanztee oder sonst etwas geben würden. Vorige Woche brachte der *Daily Megaphone* etwas von einer demnächst bei Mr. Heimer stattfindenden Gesellschaft und erwähnte dabei die herrliche Smaragdsammlung, die der Gastgeber sein eigen nennt beziehungsweise bis gestern abend nannte.«

»Und was für Gedanken sind dir dabei gekommen?«

»Verschiedene. Der eine betrifft die Geistesverfassung des Einbrechers. Er scheint ein vorzüglicher Psychologe zu sein, der mit der Eitelkeit seiner begüterten Mitbürger rechnet und sie sich zunutze macht. Er geht davon aus, daß ein Mensch, der sich seines Vermögens brüstet, auch ein leichtsinniger Hüter seiner Schätze ist. Hast du jemals gelesen, daß sich die Rothschilds oder die Vanderbilts über die Größe ihrer Vermögen in Interviews auslassen? Mit Sicherheit nicht. Aber manche Menschen, meist Neureiche, können es sich nicht verkneifen, täglich der staunenden Welt zu verkünden, daß sie soundso viel Geld oder wertvolle Juwelen im Haus haben. Und das macht sich Löwenzahn zunutze. Ich habe herausgefunden, daß bei allen Einbrüchen genau die Stücke nicht gestohlen wurden, die einige Tage vorher von den Opfern den Reportern gegenüber als besonders wertvoll erwähnt worden waren. Nur die Sachen, die herumlagen und ohne besondere Mühe genommen werden konnten, hat er mitgehen lassen. Du weißt ja, daß es leichter ist, dem Museumswärter Uhr und Kette zu klauen als das sich unter seiner Aufsicht befindende Königszepter.«

Anthony schwieg eine Weile und klopfte nachdenklich auf die Lehne seines Sessels.

»Ich habe auch noch andere Theorien, doch davon später. Weißt du, daß ich die größte Lust hätte, mir Löwenzahn vorzuknöpfen? Ich würde ein Anlagekapital brauchen, aber der Versuch wäre das Geld wert. Gib mir mal die Zeitung. Hier sind die Inserate; sieh bitte einmal nach, ob du ein passendes Haus, möbliert und in der Nähe von Ascot gelegen, einschließlich Dienerschaft finden kannst. Fünfzehn bis sechzehn Pfund wöchentliche Miete wäre mir nicht zu hoch. Ich stelle mich dir hiermit als Mr. Machilatos, einen reichen griechischen Sonderling, vor. Sandy wird mich begleiten, während du zu meiner Verfügung stehen wirst. Du wirst dem neu zu gründenden Haushalt also nicht angehören, das heißt, daß . . .«
». . . ich in einem kleinen, obskuren Hotel wohnen und mit allen möglichen Leuten über die Gewinnchancen bei den Ascot-Rennen reden soll, nicht wahr?« vervollständigte Paul den Satz und verzog sein Gesicht.
In der Zeitung waren drei Inserate, die für Anthonys Zweck in Frage kamen. Ein Haus in Bagshott und eines in der Nähe von Goodwood schienen passend. Noch am selben Abend schickte Anthony an den Vermieter beziehungsweise Agenten Telegramme.
Beim Abendessen sagte er zu Paul: »Dieser Agent ist wirklich ein Mensch, der nichts anbrennen läßt.«
»Welcher Agent?« fragte Paul.
»Der von Bagshott. Ich habe schon Bescheid. Er bittet mich, ihn morgen früh, gleich nach dem Frühstück, aufzusuchen oder ihn hier zu empfangen. Ich hatte die Sache für viel schwieriger gehalten. Mein Inserat hätte ich mir sparen können.«
»Was soll denn das nun wieder heißen? Welches Inserat?«
»Geduld, mein Lieber«, antwortete Anthony. »In ein paar Tagen wirst du alles erfahren.«
Der Agent erschien am nächsten Morgen, während Anthony noch beim Frühstück saß. Er warf einen Blick auf die abgegebene Karte und las: »Mr. Rolandt Robyns«.

Mr. Robyns war das Muster eines modernen Kaufmanns, der keine Zeit zu verlieren hat, liebenswürdig, elegant und redegewandt.

»Das Haus, Sir«, sagte Robyns, »ist für den Mietpreis geradezu geschenkt. Außerdem scheint es für Sie genau das richtige zu sein. Sie sind krank, Sir, nicht wahr?«

»Leider ja«, bestätigte Anthony wehmütig lächelnd.

Er saß in Erwartung des Besuchs noch im Morgenmantel am Frühstückstisch und machte, bleich geschminkt und in sich zusammengesunken, wirklich den Eindruck, krank zu sein.

»Das Haus ist für Sie wie geschaffen«, wiederholte Mr. Robyns. »Die Luft ist herrlich und die Miete außerordentlich niedrig.«

Das war sie wirklich. Aber der Mixer war darüber weit weniger überrascht, als Mr. Robyns vielleicht vermutete, ahnte er doch, warum das der Fall war.

»Nun, wenn das stimmt, was Sie sagen«, erwiderte Anthony, »werde ich das Haus mieten und morgen meinen Diener hinschicken.«

»Ich kann ihn mitnehmen, Sir, wenn Sie wünschen«, erbot sich der Agent. »Er kann mich morgen vormittag um elf im Waterloo-Bahnhof treffen.«

Der Mixer war damit einverstanden. Als der Besucher gegangen war, klingelte er, und Sandy erschien.

»Vergiß nicht«, mahnte er ihn, »daß ich krank bin und du so eine Art männliche Krankenschwester bist. Robyns erwartet dich auf dem Bahnsteig. Du wirst ihn gleich erkennen. Er trägt eine Gardenie im Knopfloch und hat den elegantesten Zylinder auf, den ich seit langer Zeit gesehen habe.«

»Hoffentlich will er nicht von mir wissen, was dir fehlt«, meinte Sandy, der sich vor Mr. Robyns' zu erwartenden Fragen fürchtete. Das Gegenteil traf ein. Der Agent bestritt die Unterhaltung fast allein. Er schien einen großen Respekt vor den Mitgliedern des englischen Adels zu haben, denn er kam immer wieder auf die zahlreichen Be-

kannten zu sprechen, die er angeblich in den höheren Gesellschaftskreisen hatte.
»Ihr Herr scheint vermögend zu sein«, warf er irgendwann mal ein.
Sandy bestätigte das unumwunden.
»Ich dachte mir's schon«, meinte der andere.
Am selben Abend erstattete Sandy dem Mixer Bericht.
»Du kannst das Haus, wenn du willst, sofort beziehen. Es ist dort wirklich herrlich, und der Mann hat nicht gelogen, als er behauptete, es sei eine nicht wiederkehrende Gelegenheit.«
Vierzehn Tage später erschien in allen wichtigeren Londoner Tageszeitungen folgende Verlustanzeige:

VERLOREN:

Eine kleine Schachtel mit zwanzig Perlen, wahrscheinlich zwischen Waterloo- und Ascot-Bahnhof. £ 500,– Belohnung dem ehrlichen Finder. Abzugeben bei Mr. Machilatos, Holly Heath Lodge, Bagshott, Ascot.

Eine Menge Leute, darunter die Polizei von Ascot, schienen sich für dieses Inserat zu interessieren. Als die Polizeibeamten im Holly Heath Lodge Erkundigungen einziehen wollten, erfuhren sie dort, daß Mr. Machilatos an chronischem Asthma leide und niemanden empfangen könne. Sein schottischer Diener erklärte jedoch den Besuchern, daß sein Herr den Verlust nicht des Wertes, sondern der Perlen selbst wegen bedaure, denn er sei ein leidenschaftlicher Juwelensammler, der sich hauptsächlich auf Perlen verlegt habe. Die Polizei sei nicht benachrichtigt worden, weil der kranke Herr nicht gewünscht habe, sie mit seinen Angelegenheiten unnötig zu belästigen. Nein, die Bahn treffe keine Schuld.
Und auch der unvermeidliche Reporter erschien. Mr. Machilatos empfing ihn persönlich und gab ihm mit leiser Stimme in seinem gebrochenen Englisch die gewünschten Auskünfte.

»Wenn er das liest, wird er anbeißen«, sagte der Mixer, als der Reporter gegangen war.
»Was willst du mit dem Löwenzahn machen, wenn du ihn in die Finger bekommst?« fragte Sandy neugierig.
Anthony lächelte grimmig. »Er wird mich zu seinem Schatz führen, und die Hälfte davon gehört mir!«
»Und wenn er dich nicht hinführt?«
»Zerbrich dir nicht unnötig den Kopf, Sandy. Er wird mich hinführen.«
Zwei, drei, vier, fünf Tage vergingen, ohne daß Löwenzahn auch nur das geringste Lebenszeichen von sich gegeben hätte. Anthony hatte angeordnet, die Salonfenster auch bei Nacht offenzulassen, um dem erwarteten Besucher das Eindringen so leicht wie möglich zu machen. Und er hatte sich täglich auf den Rasen vor dem Haus fahren lassen, damit jeder sehen konnte, daß er ein kranker Mann war. Die Woche verging, und Anthony wurde allmählich ungeduldig.
»Ich habe es bald satt, den Kranken zu spielen, Paul«, beklagte er sich, als ihn dieser wie vereinbart gegen Mitternacht besuchte. »Ich werde noch ein paar Tage warten, und wenn er dann noch nicht gekommen ist, werde ich das Ganze aufgeben. Ich habe die Sache nicht besonders gut arrangiert. Ich hätte erst die Verlustanzeige in die Zeitungen setzen und dann das Haus mieten sollen.«
»Warum denn das?«
»Vollkommen falsche Taktik«, meinte der Mixer kopfschüttelnd. »Aber das ist mir erst jetzt klargeworden.«
Gegen neun Uhr begab er sich in sein Zimmer, während Sandy unten blieb.
Um elf wollte er Sandy ablösen, aber der lehnte ab.
»Nein, laß nur«, sagte er. »Ich bin noch gar nicht müde. Außerdem ist Mr. Wensley« – er zwinkerte mit den Augen, denn unter diesem Namen wohnte Paul im Hotel – »in der Nähe und möchte vielleicht hereinkommen.«
»Gut«, gab Anthony nach. »Ich werde mich in meinen Lehnstuhl setzen und versuchen, ein wenig zu schlafen.

Weck mich, ehe es hell wird. Wir können dann beide wie alle normalen Menschen ins Bett gehen.«
Er begab sich in sein Zimmer und setzte sich mit einem Buch in der Hand in den Sessel, schlief aber sofort ein. Das Gefühl zunehmender Kälte weckte ihn. Er öffnete die Augen und sah vor sich einen Mann, dessen untere Gesichtshälfte mit einem roten Tuch bedeckt war. In der Rechten hielt er eine langläufige Pistole, deren Mündung keinen Zentimeter von Anthonys Kinn entfernt war. Das Fenster stand offen.
»Halten Sie den Mund«, sagte der Eindringling, »wenn Ihnen Ihr Leben lieb ist.«
»Was wollen Sie?« fragte Anthony, der sofort hellwach war.
»Nur einige der Juwelen, die Sie mit solchem Sammeleifer zusammengetragen haben.«
Anthony schätzte mit einem Blick die Entfernung zwischen Löwenzahn und der Tür ab. Dieser hatte seine Gedanken erraten und lachte.
»Ihr Freund befindet sich in guter Obhut«, sagte er. »Er wollte mich an der Tür zum Wintergarten abfangen, nicht wahr? Und ich kam durch die Haustür.«
»Welchen Freund meinen Sie?« fragte der Mixer, um Zeit zu gewinnen.
»Ihren Diener, der hier alles bewacht. Sie müssen wohl eine Menge Juwelen im Haus haben, was?«
»Ja, Diamanten, Smaragde und Perlen«, antwortete Anthony ironisch. »Wollen Sie die Schatzkammer sehen?«
»Werden Sie ja nicht frech! Aufstehen!«
Anthony gehorchte.
»Ehe wir uns weiter unterhalten«, sagte er, »möchte ich wissen, was Sie mit meinem Diener gemacht haben.«
»Ich habe ihm eins übergezogen.«
»So? Nun, das ändert die Sache. Ich wollte Sie eigentlich billig davonkommen lassen.«
»Ich habe Ihnen schon mal gesagt, Sie sollen nicht frech werden. Und sprechen Sie nicht so laut! Wenn nur einer

von Ihrem Personal sich uns nähert, ist es um Sie geschehen!«
Der Mixer lachte. »Ich habe gar keine Sehnsucht nach den Dienern, die ich mit dem Haus zusammen gemietet habe«, erklärte er. »Los, gehen Sie voran.«
»Nein, hinter Ihnen.«
In aller Ruhe erhob sich Anthony und ging, während ihm Löwenzahn die Mündung des Revolvers an den Nacken preßte, zur Tür. Er befand sich bereits in deren Nähe, als er sich plötzlich umwandte, dem anderen den Revolver aus der Hand schlug und ihn höhnisch anlachte.
»Lassen Sie mich los!« brüllte dieser, nachdem er sich vergebens dem schmerzhaften Zugriff zu entziehen versucht hatte. »Lassen Sie los, verflucht . . .«
Da traf ihn Anthonys Faust mit voller Wucht genau aufs Kinn, und mit einem Schmerzensschrei stürzte er zu Boden. Das erste, was der Mixer tat, war, dem Bewußtlosen die Maske vom Gesicht zu reißen. Es war, wie er vermutet hatte, der elegante Mr. Robyns. Es würde einige Augenblicke dauern, ehe der Mann wieder zur Besinnung kam, und Anthony rannte zum Wintergarten, wo Sandy gerade wieder das Bewußtsein erlangte. In aller Eile berichtete er, was geschehen war.
»Ich habe von dem Schlag gar nichts mitgekriegt«, erklärte Sandy. »Der Kerl muß von hinten gekommen sein.«
»Ich hätte es wissen müssen, daß er sich für die Haustür entscheidet«, meinte Anthony. »Diese ganze Sache habe ich von Anfang an vermasselt. Kannst du mit hinaufkommen? Ich möchte dich bei dem Verhör dabeihaben.«
»Wenn es sich darum handelt, dem Mann, der mich so hinterlistig niedergeschlagen hat, die Daumenschrauben anzulegen, bin ich dabei, und wenn ich aus dem Grab steigen müßte.«
Als die beiden eintraten, schlug Mr. Robyns gerade die Augen auf.
»Stehen Sie auf!« befahl ihm Anthony. »Setzen Sie sich

auf den Stuhl dort, und beantworten Sie mir alle Fragen, die ich Ihnen jetzt stellen werde.«
»Haben Sie die Polizei benachrichtigt?« fragte Robyns, während er sein schmerzendes Kinn rieb.
»Nein«, sagte der Mixer. »Vorläufig nicht. Aber Sie werden alles mit mir teilen, was Sie bisher auf Ihren Raubzügen erbeutet haben, lieber Löwenzahn. Andernfalls werden Sie etwas erleben, was Ihnen nicht sehr angenehm sein dürfte.«
»Woher wissen Sie, wer ich bin?« fragte der Mann verwundert.
»Daß Sie Löwenzahn sind, wußte ich schon lange. Ich habe ein wenig die Zeitungen studiert, und die haben mir einiges Wissenswertes verraten. Ein paar Erkundigungen, die ich noch einzog, ließen mich sicher sein, daß alle die Häuser, die bestohlen worden waren, von demselben tüchtigen Agenten vermittelt wurden. Das haben Sie sich wirklich fein ausgedacht: Häuser teuer zu mieten, um sie dann billig Ihren Opfern weiterzugeben.«
»Ich habe in das Geschäft über achttausend Pfund stekken müssen«, beklagte sich Löwenzahn, schien aber auf seine Klugheit mehr als stolz zu sein.
»Sie hatten sie wohl immer für ein Jahr gemietet, nicht wahr?« fragte Anthony, der nicht umhin konnte, Robyns' Raffinesse zu bewundern.
Mr. Robyns nickte. »Immer unter einem anderen Namen«, sagte er. »Ich nahm natürlich nur solche Häuser, deren Besitzer mir das Untervermieten gestatteten. Das Haus in Wimbledon hat dreitausend Pfund gekostet, aber da ich wußte, daß Heimer eine derartige Villa suchte, kam ich ihm zuvor und vermietete es ihm unter dem Namen Jones. Das ist der ganze Trick: ausfindig zu machen, wer ein Haus sucht und natürlich Geld hat. Dann biete ich ihnen das Gesuchte zu absurd billigen Preisen an. Es ist leichter, als Sie denken.« Er warf Anthony einen fragenden Blick zu. »Sie sagten etwas von Beute teilen? Sie sind doch nicht etwa von der Polizei?«

»Verdächtigen Sie nicht die arme Polizei«, erwiderte Anthony streng. »Kommen wir jetzt zur Sache, Jones oder Robyns oder Löwenzahn. Irgendwo hier in der Stadt haben Sie ein hübsches kleines Lager, und auf irgendeiner Bank haben Sie auch ein hübsches kleines Konto. Sie werden nun einen Scheck, einen Barscheck, ausstellen, und zwar über zwölftausend Pfund.«

»Warum denn gerade zwölftausend?« fragte Robyns verwundert.

»Weil ich nach allem, was ich den Zeitungen entnommen habe, den Wert Ihrer Beute auf vierundzwanzigtausend Pfund schätze und zur Hälfte daran beteiligt sein will. Wenn Sie zahlen, betrachte ich die Geschichte als beendet.«

»Und wenn nicht?«

»Wenn nicht«, antwortete der Mixer lächelnd, »dann wird morgen ein unbestechlicher Polizist Sie finden, und zwar mit untrüglichen und unleugbaren Beweisen Ihrer bisherigen so lohnenden nächtlichen Tätigkeit.«

Mr. Robyns atmete tief durch.

»Gut, ich bin einverstanden«, sagte er. »Aber einen Scheck kann ich Ihnen jetzt nicht geben, da ich kein Scheckbuch hier habe.«

»Ich habe eines.« Anthony schloß ein Fach seines Schreibtisches auf. »Hier sind Scheckbücher jeder englischen Bank. Wählen Sie die Ihre aus. Und machen Sie schnell, denn unser Freund dort drüben, den Sie so unsanft behandelt haben, wartet nur auf die Gelegenheit, sich zu revanchieren.«

Mr. Robyns wählte einen Scheck, füllte ihn aus und reichte ihn Anthony, der ihn sich genau besah.

»Schön. Sie dürfen nun hinauf in die Dachkammer. Sie werden ja wissen, wo sie liegt. Sandy, versperr die Tür hinter ihm, und zieh ihm eine über, wenn er frech wird. Sie werden dort oben bleiben, bis wir das Geld geholt haben.«

Mr. Robyns erhob sich und folgte Sandy.

»Einen Moment noch«, sagte Anthony, als Robyns schon fast aus der Tür war. »Bevor Sie gehen, müssen Sie mir verraten, wo Sie diesen wundervollen Zylinder gekauft haben.«

Mr. Sparkes, Detektiv

»Kannst du dich an Mrs. Millicent K. Yonker erinnern?« fragte der Mixer Paul. Dieser nickte. Die beiden saßen an einem glühendheißen Sommernachmittag in einem Ruderboot, das sie unter einem schattigen Baum festgemacht hatten.

»Die Erpresserin? Natürlich erinnere ich mich an sie. Was ist mit ihr?« wollte Paul wissen.

»Sie ist entlassen worden«, antwortete sein Freund.

Paul blickte ihn überrascht an. »Aber sie hat doch zehn Jahre gekriegt.«

»Das stimmt, aber der Fall kam vor das Oberste Gericht, und das Urteil wurde wegen eines Formfehlers aufgehoben. Der amerikanische Botschafter schaltete sich ein, woraufhin man sie freiließ. Es stand heute morgen in der Zeitung.«

»Hm! Ich glaube, jetzt wirst du Ärger kriegen.«

Anthony nickte. »Da magst du recht haben. Meg ist eine der wenigen, die mich gesehen haben. Du entsinnst dich doch ihrer letzten Worte nach der Urteilsverkündung, nicht wahr? Sie hat eine hervorragend organisierte Bande hinter sich und wird mir ihre Leute schon bald auf den Hals hetzen. Daran zweifle ich keinen Augenblick.«

»Weißt du, wo sie sich aufhält?«

Anthony holte ein Telegramm aus der Tasche und las: »Highbury House, Wilcombe on Sea. Sie lebt dort unter dem Namen Mrs. Morrison.«

»Dein Nachrichtendienst scheint ja wirklich gut zu funktionieren«, sagte Paul.

»Ich bin mein eigener Nachrichtendienst. Ich folgte der Lady nach Wilcombe und schickte mir von dort, da ich bemerkt hatte, daß auch ich Schritt für Schritt von ihren Leuten verfolgt wurde, selbst ein Telegramm. Einer ihrer Männer blickte mir die ganze Zeit, während ich es schrieb, über die Schulter. Mit dem Telegramm wollte ich zweierlei erreichen: Erstens wollte ich meiner Freundin die Gewißheit geben, daß ich meinen Spionagedienst auf der Höhe halte, und zweitens sollte sie keinen Zweifel darüber haben, daß ich weiß, wo sie sich aufhält. In einigen Tagen wirst du nach Wilcombe fahren und dort wie ein Privatdetektiv rumschnüffeln. Mrs. Morrison und ihre Leute sollen glauben, daß ihr Haus beobachtet wird. Konzentriere dabei dein Augenmerk auf eine Miss Stillington.«

»Wer zum Teufel ist denn nun wieder diese Miss Stillington?«

»Miss Stillington ist die Person, die das Pech gehabt hat, als Gesellschafterin von Milwaukee Meg engagiert zu werden. Wie ich erfahren habe, weiß sie nichts von dem Vorleben ihrer Herrin.«

Paul setzte sich bequemer hin und zündete sich eine Pfeife an. »Und was beabsichtigst du mit alldem? Glaubst du, daß Meg ihre Beute in Highbury Manor House versteckt hat?«

Anthony machte ein geheimnisvolles Gesicht. »Ja, das glaube ich. Van Deahy ist bei ihr, und er hätte doch am meisten Grund, sich zu verbergen.«

»Warum verläßt sie England nicht für immer? Geld hat sie doch wohl genug!«

»Weil sie mit mir abrechnen will«, erwiderte Anthony. »Sie wird dem Mixer eins auswischen, und wenn sie selbst dabei vor die Hunde gehen sollte.«

»Ich wünschte, das letztere würde geschehen, ehe sie noch mehr Unheil anrichten kann«, meinte Paul. »Wann soll ich abreisen?«

»Übermorgen, mit dem Nachtzug. Vergiß aber nicht,

daran zu denken, daß du dort von ihren Spionen umgeben bist; sogar deine Post wird überwacht werden.«
»Aber warum . . .«
»Wart's ab«, sagte Anthony mit einem Augenzwinkern. »Ich habe so eine Ahnung, als ginge ich auch aus diesem Gefecht als Sieger hervor.«
Wilcombe on Sea war keineswegs ein Badeort, den eine im gesellschaftlichen Leben stehende junge Dame sich als Aufenthalt ausgesucht hätte. Für Milwaukee Meg alias Mrs. Yonker alias Mrs. Morrison war es jedoch der geeignetste Fleck für ihr Hauptquartier. Das Städtchen lag abseits von den großen Verkehrsadern des Landes und zu weit von der Hauptstadt weg, um ein Ausflugsziel zu sein. Schmutzige Straßen mit geschmacklosen Häusern führten zum sogenannten Luxusviertel. Auf der sogenannten Promenade stand ein einziges stilgerechtes Haus, alt und geräumig, und genau das hatte sich Milwaukee Meg als Wohnsitz erkoren, da es alle Bedingungen zu erfüllen schien, die es erfüllen mußte.
Einige Tage nach diesem Gespräch zwischen Anthony und Paul spazierten Milwaukee Meg und ein junges Mädchen mit grauen Augen und feinen Gesichtszügen im Garten vor dem Haus auf und ab. Niemand, der Mrs. Morrison zum erstenmal sah, würde in ihr eine Frau vermuten, die vor kurzer Zeit, zu langjähriger Zuchthausstrafe verurteilt, von der Anklagebank abgeführt wurde. Die Dame redete mit dem jungen Mädchen und schien ungehalten.
»Meine liebe Miss Stillington«, sagte sie gerade zu ihrer Begleiterin, »wie kann man so prüde sein? Ich weiß bestimmt, daß Mr. van Deahy nicht die geringsten Absichten hatte. Er ist einer meiner ältesten Freunde.«
Miss Stillington erwiderte nichts, und Mrs. Morrison fuhr erregt fort: »Ich weiß, daß Sie ihm außerordentlich sympathisch sind. Finden Sie das so schrecklich? Die meisten jungen Damen würden sich geschmeichelt fühlen, das Ziel so unverhohlener Bewunderung zu sein.«

»Auch ich habe es gern, wenn mich jemand sympathisch findet. Aber ich mag es gar nicht, wenn mich ein Mann, den ich vor kaum einer Woche kennengelernt habe, auf Schritt und Tritt mit seinen Liebeserklärungen verfolgt. Ich kann seine Gefühle nicht erwidern.«
Mrs. Morrison lachte. »Sie müssen noch vieles lernen, meine Liebe.« Sie legte ihre Hand auf die Schulter ihrer Gesellschafterin. »Sie sind nicht mehr in Ihrem Dorf, sondern inmitten der großen Welt. Wenigstens in einem kleinen Ausschnitt davon«, fügte sie hinzu, nachdem sie einen ironischen Blick auf ihre nähere Umgebung geworfen hatte.
Ein junger Mann kam auf die beiden Frauen zu, und als Mrs. Morrison ihn sah, verabschiedete sie ihre Begleiterin mit einem Kopfnicken.
»Halt dich bei Miss Stillington ein wenig zurück«, begrüßte sie ihn ohne Umschweife. »Du kannst mit ihr flirten, soviel du willst, aber erst, wenn unsere Sache erledigt ist. Wir können es nicht riskieren, wegen einer Lappalie unseren ganzen Plan aufs Spiel zu setzen.«
Van Deahy nickte.
»Laß sie vorläufig in Frieden. Vielleicht kann ich sie ja überreden, mit uns zu kommen.«
»Wann reisen wir denn ab?«
»Sobald ich mit dem Mixer abgerechnet habe«, antwortete sie. »Ich habe dir doch gesagt, daß ich mich an ihm rächen werde, und zwar so, daß er mich nicht so schnell vergessen dürfte.«
»Hast du seinen Schnüffler gesehen? Da draußen steht er.« Er deutete auf die Gartenmauer. »Er telegrafiert ständig nach London, und zwar jemandem, der noch nicht im Adreßbuch steht.«
»Es sind verschlüsselte Nachrichten, nicht wahr?« erkundigte sich Meg. Van Deahy nickte.
»Ich möchte nur wissen, was der Esel mit seiner Spionierei bezweckt? Was will er denn damit erreichen?«
»Er glaubt wohl, er könne meinen Racheplan untergra-

ben, wenn er uns dauernd im Nacken sitzt. Wißt ihr schon, wo der Mixer wohnt?«

»Nein.« Van Deahy schüttelte betrübt den Kopf. »Drei unserer besten Spürhunde arbeiten in London. Wir hoffen aber bald durch das Postamt herauszubekommen, wo die Telegramme hingehen.«

»Das wird uns vermutlich nicht viel nützen, denn wahrscheinlich ist es eine Deckadresse.«

»Das glaube ich nicht. Nun, wir müssen abwarten und sehen, was rauskommt.«

»Und du läßt in der Zwischenzeit Miss Stillington in Ruhe«, schloß Mrs. Morrison die Unterredung.

Van Deahy versprach es, wenn auch schweren Herzens. Ein Tag nach dem anderen verging, ohne daß sich etwas Neues ereignet hätte. Am Ende der Woche rannte van Deahy aufgeregt zu Meg.

»Wir haben Glück gehabt«, verkündete er jubelnd. »Wir haben einen Brief von dem Schnüffler erwischt. Er heißt Paul und wohnt in der Seaview Road. Leider haben wir nur die Telegramme und diesen Brief abfangen können. Hier ist er!«

Er reichte ihn ihr, und sie riß den Umschlag auf.

»Postlagernd für Mr. Smith. Wie seid ihr denn an den drangekommen?«

»Wir haben den Kerl beobachtet, als er einen Karton hellblauen Schreibpapiers und Umschläge kaufte. Dann haben wir bei der Post diesen farbigen Brief abgepaßt. Das ist der erste, der durchkam.«

Meg las laut: »Lieber Mr. Smith, dieser Job ist zum Sterben langweilig. Ich glaube außerdem nicht, daß es viel Zweck hat, noch länger hierzubleiben. Von der Lady hab ich auch noch nicht viel mitgekriegt ... Gerade erhielt ich Ihren Brief, in dem Sie mir mitteilten, daß jemand von der Detektei Quilter meinen Posten hier übernehmen wird. Ich glaube allerdings nicht, daß er viel mehr herausfinden wird. Von Telegrammen rate ich ab. Er soll Sie in London aufsuchen und Ihnen alles Notwendige persönlich mitteilen. Ich werde für Mr. Sparkes ein Zimmer reservieren lassen. Er wird sich hier hoffentlich wohler fühlen als ich. Paul.«

Megs Augen schimmerten seltsam.

»Ich glaube, wir werden unseren Freund erwischen. Früher oder später graben sich Leute wie der Mixer selbst ihr Grab. Dieser Mr. Smith wird sich wundern.«

Am nächsten Tag tauchte ein neues Gesicht auf der Promenade auf. Meg beobachtete den Neuankömmling von einem Fenster ihrer Wohnung aus und schickte dann van Deahy los, um Erkundigungen einzuziehen. Kurz darauf kam er mit äußerst erfreulichen Neuigkeiten zurück.

»Er heißt Sparkes und ist Privatdetektiv«, berichtete er.

»Was für eine Sorte?«

»So ein eingebildeter Typ mittleren Alters. Bier scheint sein Hauptnahrungsmittel zu sein. Im übrigen sitzt er den ganzen lieben langen Tag auf einer Bank und läßt sich von der Sonne bescheinen. Wenn du einen Spaziergang machst, kannst du ihn gar nicht übersehen. Starke Brauen, rote Nase und einen Backenbart wie ein Dikkicht.«

Also machte Meg einen Spaziergang und sah tatsächlich einen Mann dieser Beschreibung auf einer Bank sitzen und auf die See hinausstarren. Als sie an ihm vorüberging, blickte er nicht einmal auf.

»Jetzt haben wir unseren Freund, den Mixer«, sagte Meg, als sie wieder zu Hause war.

»Und wie?« erkundigte sich van Deahy.

»Das wirst du bald sehen. Dieser Sparkes hat genau das, was ich brauche: die Adresse des Mixers.«

Noch am selben Nachmittag schickte sie ihre Leute aus. Von diesem Augenblick an brauchte sich Mr. Sparkes nicht mehr über Langeweile zu beklagen. Er lernte einige recht nette Menschen kennen, die bei ihm stehenblieben, auf die Regierung schimpften, über das Wetter redeten oder sonst ein Gespräch mit ihm begannen.

Einer der neuen Bekannten lud Sparkes zu einer Erfrischung ein. Nach langem Zögern lehnte er ab.
»Es tut mir leid«, sagte er, »aber ich habe hier einen Job zu erledigen. Wenn ich Ihre Einladung annehmen und von hier weggehen würde, könnte ich ihn lossein.«
Doch sein neuer Freund lachte ihn nur aus, und nach weiterer Überredung ging Sparkes mit ihm in die nächste Kneipe.
»Kennen Sie die Leute, die in dem Haus gegenüber der Bank, auf der Sie saßen, wohnen?« erkundigte sich Megs Mann ganz nebenbei.
»Nein«, antwortete Sparkes.
»Nette Leute, gute alte Freunde von mir. Natürlich haben sie eine Menge Feinde. Ich hoffe, Sie gehören nicht auch zu ihnen.«
»Ich erledige hier nur einen Auftrag«, erwiderte Sparkes ausweichend.
»Schön. Ich will mit offenen Karten spielen, Sir«, sagte plötzlich der andere. »Sie sind hier, um dieses Haus zu beobachten, nicht wahr? Die Bewohnerin fühlt sich dadurch äußerst belästigt.«
Sparkes schwieg.
»Ich weiß nicht, was Sie von Ihren Auftraggebern bekommen, aber ich könnte Ihnen hundert Pfund zustecken, und niemand würde etwas davon erfahren.«
»Hundert Pfund?« Sparkes' Interesse schien erwacht. »Natürlich müßte ich meine Pflicht . . .«
»Der Auftrag, den ich für Sie habe, würde mit Ihrem anderen nicht im Widerspruch stehen«, beruhigte ihn Megs Mann. »Wenn Sie das Geld verdienen wollen, kommen Sie heute abend zu meinen Freunden dort drüben. Sie können ja warten, bis es dunkel geworden ist.«
Sparkes strich sich nachdenklich seinen wirren Bart glatt und sagte schließlich: »Nun, wenn es wirklich nicht gegen meine Pflicht geht und . . .«
»Also halb elf. Sie werden kommen?«
Sparkes nickte.

Er sollte zum Haus hinaufgehen und dort an die Tür klopfen. Sein neuer Freund selbst würde ihn einlassen.
Kurz vor halb elf machte sich Mr. Sparkes auf den Weg. Er hatte gerade die halbe Strecke hinter sich, als jemand aus dem Schatten der Bäume heraustrat und ihm eine Hand auf den Arm legte. Er wandte sich überrascht um und erkannte in dem fahlen Licht die Gestalt eines jungen Mädchens.
»Gehen Sie nicht in dieses Haus«, warnte sie ihn. »Ich hörte, wie man über Sie sprach. Was geht hier eigentlich vor?«
»Gar nichts, Miss«, antwortete Sparkes überrascht.
Aber damit gab sie sich nicht zufrieden.
»Ich kenne Sie und weiß, daß Sie unser Haus beobachten. Warum? Ich habe mitgekriegt, daß man Sie erwartet und . . . bitte sagen Sie mir doch, was los ist!«
»Machen Sie sich keine Sorgen, Miss. Aber«, er senkte seine Stimme zum Flüstern, »ich rate Ihnen, diese Stellung so schnell wie möglich aufzugeben.«
Er sah ihr nach, bis sie verschwunden war, dann setzte er seinen Weg zum Haus fort. Noch ehe er klopfen konnte, wurde die Tür geöffnet, und sein neuer Bekannter führte ihn in einen eleganten Salon. Mrs. Morrison und Mr. van Deahy begrüßten ihn freundlich. Ein Tisch war zum Essen gedeckt.
Mrs. Morrison bat den Gast, Platz zu nehmen, und kam gleich auf den Grund der Einladung zu sprechen.
»Ich erkläre mich einverstanden, Ihnen zwei Wochen je hundert Pfund zu zahlen und nach deren Ablauf noch mal hundert Pfund, wenn Sie tun, was ich Ihnen sage.«
»Und Sie verlangen nichts, was mich an der Erfüllung meines Auftrags hindert?«
»Ich zahle Ihnen keine dreihundert Pfund, um mich mit Ihnen zu unterhalten«, erwiderte sie. »Wollen Sie, oder wollen Sie nicht?«
Sparkes dachte einen Augenblick angestrengt nach. »Ja, ich will.«

»Gut. Sie sind klüger, als ich dachte. Wohin schicken Sie Ihre Telegramme?«
»Ich schicke keine Telegramme, ich erstatte jeden Tag mündlich Bericht.«
»Wo?« fragte sie.
Sparkes zögerte.
»Gib ihm das Geld!« befahl Mrs. Morrison van Deahy.
Dieser nahm eine Brieftasche heraus und legte einhundert Pfund auf den Tisch. Sparkes zählte sie und steckte sie ein.
»604 Cathedral Buildings, Westminister.«
»Lebt Ihr Auftraggeber dort?«
»Ja. Er bewohnt zehn Zimmer, wovon zwei nie benutzt werden. So hat man mir berichtet«, fügte er hinzu.
»Er bewahrt sicher seine Beute dort auf«, meinte van Deahy.
Meg ging im Zimmer umher, dann nahm sie wieder Platz.
»Lassen Sie uns ein Glas Champagner trinken«, sagte sie.
»Sie mögen doch Champagner, Mr. Sparkes?«
»Ja. Aber zuvor möchte ich Ihnen noch etwas mitteilen.« Er senkte seine Stimme. »Mein Auftraggeber ist ziemlich reich. Kann uns auch niemand zuhören?« Er blickte sich besorgt nach der Tür um.
»Nein, bestimmt nicht«, versicherte ihm van Deahy.
»Bitte, sehen Sie doch lieber nach, Sir. Ich bin aufgeregt wie jemand vor dem Examen.«
Van Deahy begab sich, gefolgt von Mrs. Morrison, zur Tür, öffnete sie und machte das Licht im angrenzenden Raum an.
»Sie sehen, daß wir wirklich allein sind«, sagte er, als sich alle wieder im Zimmer befanden. »Was haben Sie uns mitzuteilen?«
»Er will das Land verlassen, Sir, und zwar schon in zwei oder drei Wochen.«
»Er will das Land verlassen?« wiederholte Mrs. Morrison.
»Das ist wirklich eine wichtige Neuigkeit. Wohin will er denn?«

»Soviel ich mitbekam, nach Spanien.«
»Soso. Auf Ihre Gesundheit, Mr. Sparkes!« Sie trank ihm zu.
»Prost«, sagte van Deahy und nahm einen tiefen Schluck.
»Schmeckt großartig«, erklärte Mr. Sparkes und wischte sich den Mund ab.
Beide starrten ihn an, immer noch ihre Gläser in der Hand. Van Deahy war der erste, der zusammenbrach. Gleich darauf fing Mr. Sparkes Mrs. Morrison elegant und sicher in seinen Armen auf.
Dann steckte er das kleine Fläschchen, das er in seiner Hand verborgen und aus dem er etwas in ihre Sektgläser geschüttet hatte, wieder in seine Tasche. Danach ging er aus dem Zimmer, dessen Tür er sorgfältig hinter sich verschloß. Während der nächsten Viertelstunde war er mit der Durchsuchung von Mrs. Morrisons Schlafzimmer beschäftigt. Anschließend verließ er das Haus und stieg in seinen vor der Tür stehenden Wagen.
»Alles in Ordnung?«
»Alles in Ordnung, Paul. Ich glaube, es hat sich gelohnt. Ich habe vermutlich Megs ganzes Vermögen mitgenommen. Fahr los!«
Paul grinste über das ganze Gesicht und trat aufs Gaspedal.

Der U-Boot-Jäger

»Ich mache mir über eines Sorgen«, sagte Anthony, als der Zug von Torquay, in dem er mit Paul saß, in London-Paddington einfuhr.
»Worüber denn? Hoffentlich nichts Wichtiges?«
»Es hängt mit Milwaukee Meg zusammen.«
»Was ist denn mit ihr?«
»Oh, ihr dürfte es trotz des Schlafmittels, das ich ihr gegeben habe, zumindest gesundheitlich wieder gutgehen.«
Es war erst eine Woche her, seit er Meg in ihrem Haus betäubt und beraubt hatte. Aber es war nicht die Reue über diese Tat, die ihn bedrückte.
»Ich habe dir doch erzählt, Paul, daß Meg eine Gesellschafterin engagiert hatte, nicht wahr? Ich sah sie zwar nur einige kurze Augenblicke, aber . . .«
»Die genügten dir, wie?«
»Was soll das heißen?« fragte Anthony etwas indigniert.
»Nichts, nichts«, sagte Paul mit unschuldiger Miene.
»Das Mädchen versuchte mir zu helfen«, fuhr sein Freund fort, »und hat sich, ohne es zu wissen, damit in große Gefahr begeben. Ich erkundigte mich nach ihr und war sicher, daß sie ihre Stellung bei Mrs. Morrison aufgegeben hat. Du kannst dir meine Überraschung vorstellen, als ich erfuhr, daß sie immer noch bei unserer Freundin ist. Das gefällt mir gar nicht, denn sie hatte auch schon Verdacht geschöpft. Ich riet ihr, die Stellung aufzugeben. Ich hätte sie ja über alles aufgeklärt, wenn ich nicht befürchtet hätte, daß Meg sie mir als Lockvogel entgegengeschickt hat.«

»Das ist schon merkwürdig.«
»Ja. Ich hatte jemanden hingeschickt und habe erfahren, daß sie es war, die die beiden Betäubten gefunden hat.«
Danach schwieg der Mixer sorgenvoll. Erst als sie in Brixton eintrafen, wo er seit einigen Monaten ein Haus gemietet hatte, nahm er das Thema wieder auf.
»Ich würde meinen Kopf darauf wetten, daß sie nicht zur Bande gehört«, sagte er. »Der Gedanke, sie dort im Haus zurückgelassen zu haben, macht mich ganz krank.«
»Wir fahren also hin, wie?« fragte Paul.
Anthony nickte. »Vor einigen Monaten habe ich einen U-Boot-Jäger erstanden, den die Regierung zusammen mit anderen Schiffen hat versteigern lassen«, berichtete er. »Du kennst sie ja, die schnellen Boote, die uns Amerika während des Kriegs geliefert hat. Es liegt startbereit in Torquay. Uns würde eine kleine Seereise sicherlich guttun. Lebensmittel und alles, was wir sonst noch benötigen, befindet sich an Bord. Sogar Marineuniformen habe ich besorgt, auch wenn wir sie vermutlich nicht brauchen werden. Pässe für Spanien sind ebenfalls da.«
Paul seufzte. Er wußte, daß in letzter Zeit die Polizei auf ihr Treiben aufmerksam geworden war und daß sie unter Umständen Schwierigkeiten bekommen konnten. Anthony hatte sich viele zu Feinden gemacht. Zweimal war er von seinen Opfern gesehen worden. Was lag also näher als der Gedanke, daß man etwas gegen ihn unternehmen würde? Aber er hatte nicht nur Feinde, sondern auch Freunde; Freunde, die er sich durch seine Freigebigkeit erworben und gehalten hatte. Paul und Sandy, sein Bursche während des Kriegs, bekamen von ihm so viel Geld, daß sie es vorzogen, bei ihm zu bleiben, statt sich eine langweilige Beschäftigung als Diener oder Sekretär zu suchen.
Noch am selben Morgen waren sie nach Torquay gefahren. Der Mixer hatte Paul zwei Stunden allein gelassen, um seinen U-Boot-Jäger, den *Flying James,* noch einmal zu überholen.

»Vorläufig habe ich genügend Geld«, sagte Anthony. »Darüber brauchen wir uns also keine Gedanken zu machen. Alles amerikanische Banknoten, und ich habe sie in einem Schließfach.« Plötzlich unterbrach er sich, als sei ihm gerade etwas Unangenehmes eingefallen. »Ich habe, glaube ich, eine Dummheit gemacht, Paul«, bekannte er endlich.

»Wieso?«

»Nach der Sache mit Meg hätte ich es an einen sichereren Ort bringen sollen. Ich habe ganz vergessen, daß mich Meg ja auch einmal verfolgen lassen und herausbekommen könnte, wo ich meine Beute aufbewahre.« Er lachte. »Ach, was soll's! So clever ist Meg nun auch wieder nicht.«

»Jedenfalls müßte sie klüger sein als die Bankleute«, meinte nun auch Paul. »So schnell lassen die einen Fremden auch nicht ins Depot.«

Später beim Essen war Anthony noch immer recht schweigsam. Was mochte jenes Mädchen mit den hübschen grauen Augen machen, das ihn, ungeachtet der ihm drohenden Gefahr, an jenem Abend in Megs Garten gewarnt hatte? Ohne es Paul zu erzählen, hatte er einen seiner Vertrauten zu ihr geschickt mit der schriftlichen Bitte, ihre Stellung bei Mrs. Morrison aufzugeben und sich ihm anzuvertrauen. Was Anthony nicht ahnen konnte, war, daß dieser Brief in die falschen Hände, nämlich in die von Meg, gefallen war.

Am nächsten Morgen setzte er sich zum Frühstück nieder, ohne das Gefühl kommenden Unheils verdrängen zu können. Paul bemerkte seine nachdenkliche und sorgenvolle Miene, sagte aber nichts. Als Sandy den Kaffee brachte, hatte er eine Zeitung unterm Arm.

»Das geht dann doch zu weit«, schimpfte er.

»Was regt dich denn so auf?« fragte ihn Anthony, der auf alles vorbereitet war.

»Hier, hast du die Todesanzeige gelesen, deine eigene Todesanzeige, Anthony?«

»Zeig her!«

> Anthony Smith, 24 Jahre alt, verschied plötzlich nach kurzer Krankheit in seiner Wohnung, 409 Balham Road, Brixton. Die Zeitungen in den Kolonien werden gebeten, diese Nachricht nachzudrucken.

Der »Tote« legte das Blatt stirnrunzelnd auf den Tisch. »Das ist ja schon unheimlich«, sagte er. »Ich möchte nur wissen, was man mit diesem Inserat erreichen will.«
»Ruf doch den Verleger an«, riet Paul. »Er soll ein sehr netter Mann sein.«
»Ich werde ihn aufsuchen, sobald wir hier mit dem Frühstück fertig sind«, erwiderte Anthony. »Vielleicht vermag er uns auf die Spur zu bringen.«
»Kann ich dir irgendwie behilflich sein?« erkundigte sich Sandy, der immer im Startloch stand, wenn irgend etwas aufregend zu werden versprach. Den Schlag, den ihm Löwenzahn versetzt hatte, hatte er schon lange vergessen.
»Nein, im Moment nicht«, antwortete Anthony. »Wenn ich dich brauche, sage ich es dir schon.«
Paul fuhr Anthony im Wagen zu der Redaktion der Zeitung, die die Todesanzeige gebracht hatte, und wartete unten, während sich der Mixer nach dem Urheber der Anzeige erkundigte. Man konnte ihm die erbetene Auskunft nicht geben, denn der Auftrag war in einer Filiale der Zeitung erteilt worden.
Als sich Anthony wieder zu seinem Auto begab, sah er zwei scheinbar ziemlich betrunkene Männer, die sich laut stritten. Plötzlich hob der eine von ihnen die Hand und schlug seinem Gegner ins Gesicht. Anschließend wollte er entkommen und stieß dabei mit Anthony zusammen.
»Verzeihung, Sir«, sagte er. »Sie waren doch Zeuge, nicht wahr, daß mich der da anzugreifen versuchte?«
Anthony schob ihn beiseite. »Schade, daß er Ihnen nicht

einen richtigen Hieb versetzt hat, ehe Sie Gelegenheit hatten, mich über den Haufen zu rennen«, erwiderte er. Die beiden Streitenden gingen weiter.
»Fahren wir nach Brixton zurück?« erkundigte sich Paul. Sein Freund nickte.
»Ja, es wird besser sein, auch wenn unsere Tage dort gezählt sind.«
»Warum denn das?«
»Weil uns unsere Freunde bereits auf den Fersen sind. Verdammt noch mal, mir gefällt diese Sache ganz und gar nicht.«
»Glaubst du, die Todesanzeige ist einer von Megs Witzen oder eine Warnung?«
Der Mixer schüttelte den Kopf. »Keins von beiden. Sie macht derartige Sachen nicht ohne triftigen Grund.«
»Meine Uhr ist verschwunden«, rief Anthony plötzlich, und mit einem Fluch fügte er hinzu: »Was bin ich doch für ein Esel! Der ganze Streit war inszeniert.«
»Was meinst du ...?«
»Fahr so schnell wie möglich zur Bank!« rief Anthony. »Der Schlüssel zum Bankschließfach hing an der Uhrkette, und die verdammte Bande wußte das!«
Paul wendete und raste über die Westminster Bridge zur Bank zurück. Als sie die Straße erreichten, in der das Bankgebäude stand, sahen sie von weitem, wie ein Auto gerade um die nächste Straßenecke verschwand. Der Pförtner, der Anthony kannte, schien, als er ihn sah, wie vom Schlag getroffen.
»Aber ... aber ... Sir?« stotterte er. »Ich dachte ...?!«
»... ich sei gestorben, nicht wahr? Ich möchte den Geschäftsführer sprechen. Wo ist er? Schnell, schnell!«
Er wurde sofort vorgelassen.
»Mr. Smith? Wo kommen Sie denn her? Ich dachte ...«
»... ich sei gestorben, nicht wahr?« sagte Anthony zum zweitenmal. »Was ist denn hier los?«
»Vor kaum fünf Minuten kam der Anwalt, den Sie mit der Verwaltung Ihres Nachlasses beauftragt hatten, mit

sämtlichen Dokumenten und Schlüsseln hierher, öffnete Ihr Fach und nahm alles mit, was darin war.«
»Ah, so ist das«, sagte Anthony gedehnt.
»Die Sache stimmt wohl nicht ganz, Sir? Diebstahl?« fragte der Bankdirektor.
»Ja, aber Sie brauchen die Polizei nicht zu benachrichtigen, Sir«, beruhigte ihn der Mixer. »Ich werde das selbst viel besser erledigen.« Er verließ die Bank und stieg wieder in seinen Wagen.
»Alles gestohlen«, teilte er Paul mit. »Jeder Cent ist weg.«
»Milwaukee Meg, nicht wahr?«
»Ja, sie hat das wirklich glänzend arrangiert. Der Anwalt wurde natürlich von einem ihrer Komplizen gespielt; das Inserat sollte den Bankdirektor auf meinen Tod aufmerksam machen und ihn auf den Besuch des Anwalts vorbereiten. Dieser erscheint mit Schlüssel und allen Dokumenten, stellt sich vor und schleppt alles weg. Vorzüglich, wirklich sehr gut gemacht. Aber jetzt, Milwaukee Meg, wirst du Ärger kriegen.«
Er beschloß, nicht nach Brixton zu fahren. Ein kleines Zimmer, das er als Büro eingerichtet hatte, um für alle Fälle gerüstet zu sein, mußte für heute genügen. In alle Richtungen gingen Telegramme ab; ein Anruf in Megs Wohnung ergab, daß sie bereits vor zwei Tagen mit unbekanntem Ziel abgereist war. Schon am nächsten Morgen war dem Mixer das Ziel nicht mehr unbekannt, denn er erhielt einen Brief, geschrieben auf dem Papier des Dampfers *Obo*.

Lieber Mr. Smith, wir befinden uns auf dem Weg nach Südamerika. Sie könnten uns leicht verhaften lassen, denn unser Schiff verfügt über drahtlose Telegrafie. An Ihrer Stelle würde ich mir das aber überlegen, denn was wollen Sie antworten, wenn die Polizei Sie fragt, woher Sie all das Geld haben, das Ihnen gestohlen worden ist? In unserer Begleitung befindet sich das nette junge Mädchen, das einen so starken Eindruck auf Sie gemacht zu haben scheint. Der rührende Brief, den Sie ihr schrieben, befindet sich in meinem Besitz oder vielmehr in dem Mr. van Deahys, der sich ebenso wie Sie außerordentlich für die junge Dame interessiert. Vielleicht treffen wir uns einmal in Südamerika. Dann werde ich Ihnen erzählen, wie einfach es war, Sie um Ihr Vermögen zu erleichtern. Ihre sehr ergebene Milwaukee Meg.

Anthony las den Brief zweimal und gab ihn erst dann seinem Freund.
»Und jetzt?« fragte Paul, nachdem er ihn ebenfalls gelesen hatte.
»Warte!« Anthony rief Sandy. »Fahr so rasch du kannst zur Südamerikanischen Dampfschiffahrtsgesellschaft, Sandy, und finde heraus, welche Kabinen diese Dame und ihre Freunde belegt haben. Und bring mir einen Schiffsplan mit. Wenn Miss Stillington wirklich mitgefahren ist, dann muß Meg den Namen Morrison beibehalten haben. Erkundige dich also nach ihr unter diesem Namen.«
Als Sandy fort war, blätterte Anthony in Lloyds Register.
»Die *Obo* fährt zwölf Knoten und verließ Southampton gestern nachmittag um drei«, berichtete er Paul. »Zeitlich haut alles genau hin. Jetzt ist es neun; um elf Uhr dreißig fährt der nächste Zug nach Torquay, der Riviera Expreß. Vorzüglich!«
»Was beabsichtigst du zu unternehmen?« erkundigte sich Paul.
»Nach Bilbao zu fahren. Aber vorher muß noch einiges erledigt werden.«
»Hast du denn Geld? Meg hat doch alles. Wenn du etwas brauchst . . .«
»Nein, danke. Alles hat sie nun auch wieder nicht. Ich habe immer noch etwa tausend Pfund auf der Bank und werde, noch ehe sie verbraucht sind, mehr haben. Ich

werde einen Barscheck ausschreiben, und du kannst für mich das Geld holen.«
Nach einer halben Stunde brachte Sandy die erwünschten Auskünfte.
»Fahr den Wagen in die Garage, Sandy, und sei um elf Uhr dreißig in Paddington. Wir nehmen den Zug nach Torquay.«
Als Paul mit dem Geld zurück war, begaben sie sich zum Bahnhof. Während der ganzen Fahrt nach Westengland sprach Anthony kaum ein Wort. Er brachte die meiste Zeit mit dem Studium von Fahrplänen und dem Schiffsplan der *Obo* zu. Um sieben Uhr abends kamen sie in Torquay an; es wurde jedoch neun, ehe sie den Mann, in dessen Obhut sich das Boot befand, ausfindig gemacht hatten.
Endlich war das Boot seefertig. Mit leisem Keuchen nahm es seine Fahrt auf. Erst als sie die offene See erreicht hatten, brach Anthony das Schweigen.
»Diese Marineuniformen werden uns sehr zustatten kommen«, sagte er. »Ich glaube, wir werden die *Obo* gegen Tagesanbruch sichten. Du, Paul, wirst als mein Erster Offizier auftreten und Sandy als Obermaschinist. Ist das Funkgerät in Ordnung, Sandy?«
»Ja«, antwortete Sandy und trank in aller Ruhe seinen Kakao aus.
»Nimm Kurs auf den Eddystone-Leuchtturm. Dort wollen wir uns bis zur Dämmerung aufhalten. Wenn ich richtig gerechnet habe, werden wir bald drei Schiffe auftauchen sehen: die *Arizona* auf dem Weg nach New York, die *Carpeto* und die *Obo*.«
Um zwei Uhr morgens tauchte die *Arizona* am Horizont auf. In der nächtlichen Stille waren ihre Maschinen deutlich zu hören. Um drei zeichnete sich die *Carpeto* am östlichen Horizont ab. Und eine halbe Stunde später sichteten sie die *Obo*.
»Los, Sandy, bleib mit ihr parallel. Wir müssen sie bis heute abend im Auge behalten. Sie wird dann ungefähr in der Nähe von Land's End sein.«

Sie folgten dem Schiff bis zum Nachmittag. Dann funkten sie der *Obo*: Drehen Sie bei. Wir kommen an Bord.
Anthony sah wie ein richtiger Kapitän aus. Vom Mast seines Bootes flatterte die Kriegsflagge. Gehorsam unterbrach die *Obo* ihre Fahrt, und wenige Minuten später legte der U-Boot-Jäger an ihrer Seite an. Anthony stieg die ausgeworfene Leiter hinauf und begrüßte den ihn erwartenden Kapitän.
»Sie haben Passagiere an Bord, Sir. Ich muß die Leute sprechen«, sagte er im Befehlston.
»Die einzigen Passagiere, die wir an Bord haben, Sir«, entgegnete der Kapitän, »sind zwei Damen und ein Herr. Der Herr ist ein Freund unseres Reeders; gewöhnlich nehmen wir keine Passagiere mit. Worum handelt es sich denn?«
»Verdacht auf Spionage.«
»Sie sind im Salon und trinken gerade Tee. Die jüngere der beiden Damen ist seekrank. Ich bringe Sie hin.«
Die Tür zu Miss Stillingtons Kabine war verschlossen.
»Hier wohnt die junge Dame, Sir. Ich glaube, sie ist ein bißchen . . .« Er zeigte auf seine Stirn.
»Ich verstehe, aber ich muß sie trotzdem sprechen.«
Er warf sich gegen die Tür, die seinem Ansturm nachgab. Das Mädchen lag in der Koje, sprang jedoch, als es des Eindringlings ansichtig wurde, überrascht auf.
»Bitte bleiben Sie einen Moment bei der jungen Dame, Kapitän. Ich möchte die Kabinen der anderen beiden Passagiere durchsuchen.«
Und das tat der Mixer dann auch. In Milwaukee Megs Koje fand er eine Stahlkassette, die er mit einem merkwürdig geformten Schlüssel öffnete. Er entnahm ihr eine Brieftasche und steckte sie ein. Dann ging er zum Kapitän zurück.
»Bitte lassen Sie durch einen Ihrer Leute die junge Dame auf mein Schiff bringen«, sagte er zu ihm. Der Kapitän lächelte verstohlen über die Bezeichnung »Schiff« für das Boot, das an der Seite des großen Bruders auf den Wellen wie eine Nußschale auf und nieder tanzte.

»Ich werde mich jetzt mal nach den anderen Passagieren umsehen«, meinte Anthony, als Miss Stillington fort war.
Als er nach unten in den Speisesaal ging, kamen ihm Milwaukee Meg und van Deahy entgegen. Meg wurde leichenblaß, als sie den Mixer und die auf sie gerichtete Pistole sah.
»Ah, da sind Sie ja«, sagte Anthony. »Ich bin weit gereist, um Sie zu treffen.«
»Dieser Mann ist ein Schwindler, Sir«, rief Meg, zum Kapitän gewandt. »Bitte schützen Sie mich.«
Anthony hatte absolut nicht vor, Meg mitzunehmen, verriet dies aber mit keiner Silbe.
»Haben Sie einen Haftbefehl, Sir?« erkundigte sich der verwirrte Kapitän.
»Nein. Ich ließ ihn versehentlich in Devonport.«
»Ohne einen Haftbefehl können Sie die Dame nicht mitnehmen.«
»Er hat mich bestohlen, Sir, lassen Sie ihn nicht weg«, schrie Milwaukee Meg.
Der Kapitän kratzte sich verlegen am Kopf. »Ich weiß wirklich nicht, was ich tun soll«, sagte er. »Ich werde über Funk nachfragen, was geschehen soll.«
»Ich rate Ihnen«, erklärte Anthony kühn, »nach Plymouth zurückzufahren.« Er wußte, daß der Kapitän das nicht ohne Zwang tun würde. »Hier ist meine Karte.«
Er reichte sie ihm, und der Kapitän nahm sie widerwillig. Ehe er noch bemerkte, was vorging, hatte sich Anthony umgedreht und rannte über das Deck zu der Leiter, auf der er heraufgestiegen war.
»Los!« befahl er Sandy, neben dem Miss Stillington saß.
»He, Sir, kommen Sie sofort zurück!« brüllte der Kapitän, während Meg aufgeregt auf ihn einredete.
Sandy hatte den Motor angeworfen, und das Boot entfernte sich rasch von dem Schiff. Paul, den Kopfhörer am Ohr, grinste über das ganze Gesicht.

»Die *Obo* funkt nach Plymouth«, berichtete er.
»Stör den Kontakt«, befahl ihm Anthony und drehte das Steuer, bis der Bug nach Süden wies.

Das Mädchen von Gibraltar

Baltimore Jones hatte in der Levante reinen Tisch gemacht; vom Piräus bis Alexandrien, von Tripolis bis Messina hatten müde, erschöpfte Männer auf Kosten des Inhalts ihrer Brieftaschen seine Fingerfertigkeit im Kartenspielen bewundern dürfen. Immer lächelnd, hatte er Piaster und Drachmen, Lire, Pfund und Dollars eingeheimst und den Leidtragenden höhnisch zugerufen: »Tja, was will man machen, wenn einem das Glück so treu bleibt? Nicht jeder kann gewinnen.« Dies mochte zutreffen, aber wann immer Baltimore Jones spielte, gewann er, gleichgültig, wie Fortuna die Karten mischte. Eines Tages landete er mit einem dicken Banknotenbündel in der Tasche in Gibraltar.

Es war nichts Bestimmtes, was ihn hierher führte. Er wollte ein wenig spielen und sich erholen. Gelangweilt saß er jetzt auf einer Bank, als seine Aufmerksamkeit auf ein schluchzendes junges Mädchen gelenkt wurde.

Baltimore Jones beobachtete sie eine Weile, dann erhob er sich, ging zu ihr und versuchte die Weinende – Agatha McCall, Bessie genannt – zu trösten. Seine weiche, wohlklingende Stimme, die auch einem Griechen das Geld aus der Tasche zu ziehen vermochte, beruhigte sie allmählich, und sie begann ihre Leidensgeschichte als Gouvernante im Haus des Oberst Sipp, dessen Frau ihr das Leben schwermachte, zu erzählen. Später begleitete Baltimore Jones sie nach Hause und sah unter dem Licht einer Straßenlaterne zum erstenmal ihr Gesicht. Und was er sah, gefiel ihm. Von da an traf er sich mit ihr jeden Abend, doch nach Ablauf einer Woche war er dieser platonischen Verehrung überdrüssig. Seine Einladung, am Wochenende mit ihm nach Algeciras zu fahren und dort am Sonntag zu einem Stierkampf zu gehen, hatte Bessie McCall zu seinem Erstaunen als »unpassend« abgelehnt. Er hatte alles menschenmögliche getan, um sie zu überreden – aber vergeblich. Bessie McCall blieb in diesem Kampf um »Prinzipien« Siegerin.

Eine Woche später, nach einer weiteren häßlichen Auseinandersetzung mit der Frau des Oberst, schien Bessie McCall soweit, davonzulaufen. Baltimore Jones unterstützte sie noch darin, indem er ihr die Herzlichkeit des Willkommensgrußes vor Augen hielt, der ihr bei ihrer Rückkehr nach England gewiß sei. Alles lief wie gewünscht, und er sah sich schon am Ziel, doch da ...

Der Mixer hatte seinen Urlaub beendet. Er glaubte, daß nun genügend Zeit vergangen und über seine Taten Gras gewachsen sei. Er war heute nach Gibraltar gefahren, während Paul, sein Sekretär und Freund, in Algeciras zurückgeblieben war und sich in dem herrlichen Garten des Hotels Regina Christina langweilte.

»Der letzte Dampfer von Gibraltar ist gerade angekommen«, berichtete ihm Sandy, der Dritte im Bunde. »Anthony dürfte an Bord sein. Ist irgend etwas Besonderes?«

»Das weiß ich nicht, Sandy«, antwortete Paul. »Er fuhr hinüber, um sich die Sache, die da zwischen Baltimore Jones und Miss Agatha McCall läuft, mal genauer anzusehen.«

»Die Gesellschafterin?«

»Ja, die Gesellschafterin.«

»Jetzt bin ich genauso klug wie vorher«, sagte Sandy und verschwand wieder.

Wenige Augenblicke später erhob sich Paul, um Anthony entgegenzugehen. Dieser schien bester Laune zu sein.

»Warum so fröhlich?« fragte Paul.

»Ich habe einen herrlichen Tag verlebt«, antwortete Anthony.

»Und anscheinend auch einen Teil der Nacht?«

»Nein, der Abend verlief leider nicht so wunschgemäß. Dieser Baltimore Jones ist ein sehr zurückhaltender Mann. Trotzdem bin ich voll im Bilde, denn ich stand genau hinter ihnen, als ihm Bessie McCall ihre traurige Lebensgeschichte erzählte.«
»Ich dachte, sie heißt Agatha?«
»Tut sie auch, aber Baltimore Jones gegenüber nannte sie sich Bessie. Eine Tante von ihr wohnt in Stirling. Sie ist die einzige Verwandte, der sie nähersteht. Und dann gibt es da noch drei Cousins, die schon frühzeitig ihre Heimat verließen und irgendwo in London in Stellung sind. Die Tante heißt Maggie. Bessie besuchte in Glasgow die Schule und machte einmal vierzehn Tage Ferien in Blackpool. Das ist alles, was ich über die McCalls erfahren konnte. Was Baltimore Jones betrifft, so weiß ich über ihn bedeutend mehr.«
»Er ist ein Ganove, nicht wahr?«
»Ja, und ein ganz großer«, bestätigte Anthony. »Sein Schlafzimmer ist voll von seltsamen Dingen, mit denen man Leute, die ihr Geld sauer verdient haben, schröpfen kann. Darunter waren nicht weniger als siebenundzwanzig Päckchen mit gezinkten Spielkarten. Fünf davon habe ich mitgehen lassen. Wenn er sie vermißt, so läßt sich das natürlich nicht ändern, aber ich glaube es nicht, denn er hatte es heute sehr eilig.«
»Ist er hier in Algeciras?«
»Ja. Er wohnt im Continental. Wir sind im selben Boot hergefahren. Er hat zwei Schlafwagenplätze nach Madrid reservieren lassen, da er Bessie in ihre Heimat zurückbegleiten will.«
»Soso!« sagte Paul gedehnt. »Das bedeutet natürlich, daß das arme Mädchen über Madrid nicht hinausgelangen wird. Sie wollen den Morgenzug nehmen, nicht wahr?«
Anthony nickte. »Sie wird ihn morgen ganz früh treffen, denn da darf sie eine halbe Stunde spazierengehen. Anstatt nach Hause zurückzukehren, wird sie das Schiff nach Algeciras besteigen. Eine Woche lang habe ich mich

mit der Frage gequält, ob ich es wagen kann, nach London zurückzukehren. Nun ist alles entschieden. Wir fahren nach England.«

»Dann laß uns packen«, sagte Paul lakonisch. Sie kehrten ins Hotel zurück und begannen mit den Vorbereitungen für die Abreise.

Früh am nächsten Morgen ging das junge Mädchen in Algeciras an Land und wurde von Baltimore Jones, einem gutaussehenden jungen Mann, abgeholt. Das Mädchen schien nervös zu sein, doch die hübschen Augen strahlten.

»Ach, ich habe solche Angst gehabt«, sagte sie. »Im letzten Augenblick glaubte ich die Frau Oberst am Kai zu sehen. Gott sei Dank war es nur eine Täuschung.«

»Machen Sie sich keine Sorgen mehr, meine Liebe«, beruhigte sie Jones. »In ein paar Tagen werden Sie sich schon auf dem Weg von London nach Norden befinden.«

»Wir fahren doch heute bis Paris durch, nicht wahr?« fragte Bessie.

»Ich glaube, wir haben in Madrid ein, zwei Stunden Aufenthalt, aber das braucht Sie nicht zu beunruhigen.«

Bessie seufzte erleichtert auf, doch ehe sie noch etwas sagen konnte, kamen drei Männer auf die beiden zu. Sie waren im Begriff vorüberzugehen, als der eine plötzlich innehielt.

»Das gibt's doch nicht!« rief er aus. »Ist das nicht Bessie McCall?!«

»Meinst du unsere Kusine?« fragte der zweite.

»Natürlich ist sie es«, bekräftigte nun auch der dritte, Sandy. Er war Schotte und als solcher besonders geeignet, den Verwandten einer Schottin zu spielen. »Wie geht's dir denn, Bessie? Kennst du mich nicht mehr? Sandy McCall?«

»Nein, ich erinnere mich leider nicht«, entgegnete Bessie lächelnd. »Sie sind wirklich meine Cousins?«

»Ja, wir alle drei«, sagten sie im Chor.

»So ein Zufall, hier unsere Kusine Bessie zu treffen.«

Bessie freute sich über die Begegnung, obwohl sie nicht einen der so unvermutet aufgetauchten Verwandten wiedererkannte. Baltimore Jones dagegen teilte diese Freude nicht. Nervös zupfte er an seinem Schnurrbart und musterte die drei mit mißtrauischen Blicken.
»Eure Gesichter kommen mir wirklich nicht bekannt vor, aber ich muß ja, als ich euch zum letztenmal sah, noch ganz klein gewesen sein.«
»Ich weiß, wo das war«, sagte Anthony. »In Stirling. Ich erinnere mich noch ganz genau an dich, denn ich vergesse ein Gesicht niemals. Wann hast du sie denn zuletzt gesehen, Sandy?« wandte er sich an diesen.
»Sie war noch sehr jung«, log Sandy tapfer. »Ich wollte sie in Glasgow besuchen, aber sie fuhr gerade nach Blackpool in die Ferien, und wir wechselten nur ein paar Worte. Wie lange mag das schon her sein?«
»Das war vor vier Jahren«, half ihm Bessie. »Kennt ihr Mr. Jones?«
Sie verbeugten sich höflich, Mr. Jones erwiderte die Verbeugung, und sie erkundigten sich gegenseitig nach ihrem Befinden.
»Tut mir leid, Bessie, aber wir müssen jetzt gehen«, sagte Baltimore Jones.
»Wo wollt ihr denn hin?« erkundigte sich Anthony.
»Nach Madrid«, antwortete Bessie. »Mr. Jones bot mir liebenswürdigerweise an, mich nach London zu begleiten.«
»Mit diesem Zug?« rief Anthony aus. »So ein Zufall. Mit dem wollen wir auch fahren.«
»Großartig!« Bessie freute sich aufrichtig.
Baltimore Jones platzte fast vor Wut, ließ sich aber nichts anmerken. Er ging mit dem Mädchen einige Meter voraus, während die drei »Cousins« ihnen folgten.
»Kennen Sie die Kerle?« fragte er Bessie leise.
»Ob ich sie kenne? Nein, das nicht, aber sie sind meine Cousins.«
»Woher wollen Sie das wissen?«

»Was für eine komische Frage.« Sie lachte. »Natürlich sind sie meine Cousins. Sonst würden sie doch nichts von meiner Tante Maggie wissen und sich auch nicht erinnern können, daß ich vor vier Jahren in Blackpool war.«
Jones schwieg. Er führte sie in den Schlafwagen, während die anderen ihre Plätze im selben Waggon einnahmen. Der Zug war nicht voll besetzt, so daß sich Anthony zwei Abteile reservieren lassen konnte.
»Ich will mal sehen, wie du untergebracht bist, Bessie«, sagte er zu seiner »Kusine«.
»Lassen Sie nur«, mischte sich Baltimore Jones ein. »Ich habe für die junge Dame alles bestens erledigt.«
»Das ist sehr freundlich von Ihnen«, entgegnete Anthony, drängte aber den vor Zorn bebenden Mr. Jones zur Seite und begleitete das vom Luxus des Abteils sichtlich überraschte Mädchen.
»Oh, wunderschön. Und du hast das Abteil ganz für dich alleine?« fragte Anthony.
»Ich glaube, ja. Ich kenne mich da nicht so aus. Mr. Jones hat alles für mich geregelt.«
Jones stand neben Anthony, als dieser sich ihm zuwandte: »Sie hat doch das Abteil für sich alleine, nicht wahr?«
»Ich denke schon.«
»Wie lange wirst du denn in Madrid bleiben, Bessie«, fragte Anthony.
»Wir fahren durch«, antwortete sie.
»Mit diesem Zug kannst du das nicht«, belehrte sie Anthony. »Du wirst eine Nacht in Madrid bleiben müssen. Hat dir das Mr. Jones nicht mitgeteilt?«
Sie blickte Baltimore Jones erstaunt an. »Sie sagten mir doch, wir hätten nur ein, zwei Stunden Aufenthalt!«
»Der Herr ist eben, was Fahrpläne betrifft, besser unterrichtet als ich«, erwiderte Jones schroff. »Vielleicht hat er recht.«
»Na, das ist ja nicht so schlimm, Bessie. Du kannst bei uns im Hotel de la Paix bleiben«, beruhigte Anthony sie.

»Ich beabsichtige aber im Hotel Paris zu übernachten.«
»Nun, dann können Sie uns ja besuchen. Wir würden uns sehr freuen, nicht wahr, Bessie? Haben Sie eigentlich für sich selbst ein Bett reservieren lassen? Wenn nicht, kann ich Ihnen eines in meinem Abteil anbieten.«
Jones nahm die Einladung widerwillig an.
Seine Laune besserte sich, als ihm Anthony später am Abend erzählte, daß er mit seinen beiden Cousins in Marokko Maultiere für die italienische Regierung eingekauft und ganz schön dabei verdient habe. Aber er halte nichts von Schecks. Er bringe das Geld lieber, wie auch jetzt, in bar in London zur Bank. Mr. Jones' geschäftliche Tüchtigkeit war sofort erwacht. Am nächsten Morgen – sie verließen gerade den Madrider Südbahnhof – gesellte sich Mr. Jones zu ihnen und teilte ihnen mit, daß er sie am Abend im Hotel aufsuchen würde.
»Wie wäre es mit einem kleinen Poker?« sagte er. »Ich verstehe ja nichts davon, und ihr werdet mir wohl mein Geld abnehmen, aber ihr seid mir sympathisch, und ich werde das Risiko eingehen.«
Die drei waren einverstanden.
Vielleicht war die Reise doch nicht umsonst gewesen, dachte Jones auf seinem Weg ins Hotel. Am Abend begab er sich ins de la Paix.
»Ah, da seid ihr ja alle«, begrüßte er sie jovial. »Wie geht es denn meiner kleinen Freundin?« Er schüttelte Bessie die Hand.
»Sie will gerade schlafen gehen«, sagte Anthony. »Sie hat schwere vierundzwanzig Stunden hinter sich, und da wir morgen früh zeitig abreisen wollen, riet ich ihr, sich hinzulegen.«
»Das finde ich sehr klug«, erklärte Baltimore Jones, obwohl er gewünscht hatte, die drei in ihrer Gegenwart auszunehmen.
Sandy sprach das geplante Spiel an.
»Ja, ich hatte gehofft, daß wir spielen würden«, sagte Jones, »und habe mir deshalb gestattet, gleich meine eige-

nen Karten mitzubringen, da man hier die richtigen ja doch nicht bekommt.«
»Haben Sie etwas dagegen, vierhändig zu spielen«, fragte Anthony. »Natürlich wird es dadurch viel teurer.«
»Ich mache alles mit. Wie hoch soll das Limit sein?« erkundigte sich Baltimore Jones.
»Limit? Das Wort kenne ich nicht«, meinte der Mixer.
»Sie wollen ohne Limit spielen?« Jones spürte die Spannung in sich wachsen.
»Ich werde nicht viel verlieren, denn ich spiele sehr vorsichtig.«
»Nun, da werde ich wohl das Opfer sein müssen«, erwiderte Jones lachend. Er mischte die Karten. »Sie geben, Mr. . . .«
»Nennen Sie mich Anthony. Dadurch erhält das Spiel eine persönliche Note.«
Eine halbe Stunde lang lief das Spiel mit wechselndem Glück. Niemand verlor, niemand gewann viel.
»Das geht mir zu langsam«, sagte Jones. »Geben Sie mir die Karten.«
Niemand schien bemerkt zu haben, daß er die Karten ausgetauscht hatte.
»Einen Augenblick. Was sind das für merkwürdige Zeichnungen hier? Ist das nicht ein Tintenfleck?« fragte Anthony.
»Sehen Sie sich die Karten ruhig an«, sagte Jones. Er hatte einen Augenblick lang geglaubt, man habe den Austausch bemerkt, aber die Erwähnung des Tintenflecks, der, wie er wußte, gar nicht existierte, sondern Teil der Kartenzeichnung war, beruhigte ihn wieder.
Anthony gab ihm das Päckchen zurück.
»Entschuldigen Sie die Verzögerung«, bat er, und Jones begann zu mischen.
Jones warf einen Blick auf seine Karten; er hatte zwei Paare; es mußte ja auch so sein, denn er hatte die Karten so gemischt, daß er entweder diese zwei Paare oder einen Flush bekam.

»Mein Blatt ist gut«, sagte Anthony. »Ich halte!«
Er zog eine Rolle Banknoten aus der Tasche, bei deren Anblick Jones' Augen glitzerten.
»Da du dein Geld zeigst, Anthony, möchte ich nicht hinter dir zurückstehen«, meinte Paul und warf ebenfalls ein Päckchen Scheine auf den Tisch.
»Schotten sind vorsichtig«, sagte nun Sandy, »und da ich einer bin, werde ich vorläufig nur dreihundert Pfund setzen.«
Sandy war an der Reihe; er bot.
»Ich halte!« gab Jones zurück.
»Ich erhöhe auf dreihundert!« rief Anthony.
»Und dreihundert«, sagte Paul.
Der Einsatz war schon auf dreitausend Pfund angewachsen, als Jones, mißtrauisch geworden, ob die anderen auch wirklich zahlen könnten, die Karten zu sehen verlangte. Paul und Sandy hatten gegen seinen Wunsch nichts einzuwenden; nur Anthony widersprach. Es war ein Glück für Jones, daß er nicht höher gegangen war, denn Anthony hatte vorgehabt, die auf dem Tisch liegende Summe zu verdoppeln, sobald er an die Reihe kam.
»Zwei Paare«, verkündete Jones und legte sie auf den Tisch.
»Einen kleinen Flush«, sagte Sandy und zeigte seine Karten.
Jones erbleichte. Er schien seinen Augen kaum zu trauen. Dann nahm er Sandys Karten und betrachtete eingehend jede einzelne. Mit sichtlichem Widerstreben zählte er dreißig Hundertpfundnoten ab und gab sie Sandy.
Paul mischte schon wieder. »Auf ein neues Spiel.«
Jones sah sich seine Karten an. Er faßte neuen Mut, denn er hatte einen Flush. Und so mußte es auch sein, denn er hatte, als sich Paul und Anthony kurz unterhielten, die Karten noch mal ausgetauscht, und der gleiche Fehler konnte nicht zweimal an einem Abend passieren. Das Bieten begann, zuerst vorsichtig, dann höher und höher,

und zwar auf Jones' Veranlassung. Endlich lagen sechstausendfünfhundert Pfund auf dem Tisch.
»Ich will sehen«, sagte Anthony.
»Ich auch«, meinte Paul.
Sandy sagte gar nichts, sondern warf nur seine Karten auf den Tisch.
»Diesmal werden Sie zahlen müssen, meine Herren«, erklärte Baltimore Jones gutgelaunt. »Glück in der Liebe, Unglück im Spiel! Manchmal winkt Fortuna diesem, manchmal jenem. Alle können wir doch nicht gewinnen, nicht wahr?«
»Was haben Sie?« fragte Anthony.
»Einen Straight.«
»Tut mir leid«, sagte Anthony, »aber ich habe Full Hand.«
Er zeigte seine Karten. Wie von einer höheren Macht getrieben, bewegte sich Jones' Hand auf den Geldhaufen zu, doch Anthony war schneller.
»Ich bekomme noch zweitausend von Ihnen, Mr. Jones«, sagte er.
»Ich geben Ihnen morgen früh einen Scheck. So viel Bargeld habe ich nicht bei mir.«
»Ich habe meiner Tante auf dem Sterbebett versprechen müssen«, entgegnete Anthony betrübt, »niemals für Spielgewinne einen Scheck anzunehmen. Suchen Sie nur, Mr. Jones, Sie werden schon noch irgendwo ein Päckchen Banknoten haben.«
Fluchend zog Jones aus der Hüfttasche seine stille Reserve heraus und zählte zwanzig Hundertpfundnoten ab. Er war nicht nur wütend, sondern auch höchst verwundert. So etwas hatte er während seines ganzen Falschspielerdaseins noch nicht erlebt. Er war doch seiner Sache immer sicher gewesen.
»Ich will mein Glück nochmals versuchen«, entschloß er sich. Diesmal war Sandy mit Mischen an der Reihe. Wieder hatte Jones das Spiel ausgetauscht, ohne daß die anderen es bemerkt zu haben schienen. Er warf einen Blick auf seine Karten, und was er da sah, stimmte ihn äußerst

zufrieden. Er bot höher und höher, bis sein letztes Bargeld auf dem Tisch lag.
»Ich will sehen«, sagte er.
»Ich auch«, erwiderte Anthony.
Paul hatte seine Karten bereits hingeworfen, als zweitausend Pfund erreicht waren, während Sandy überhaupt nicht mitgeboten hatte.
»Darüber hinaus werden Sie wohl kaum können«, meinte Jones lachend, der bereits im Geist das gewonnene Geld zählte. »Einen Straight Flush.«
Es stimmte; es war ein Straight Flush, nur – durch irgendeinen Zufall hatte sich da eine sechste Karte eingeschmuggelt.
»Aber das sind ja sechs Karten«, sagte Anthony plötzlich. »Das ist eine zuviel! Tut mir leid, doch das Geld gehört mir.«
Mit einem Ausruf der Wut riß Jones die Banknoten an sich.
»Legen Sie das Geld hin«, befahl ihm Anthony.
Sandy war bereits an der Tür, und Anthony hielt einen Revolver in der Hand.
Von dem Augenblick, als Jones das Zimmer ohne sein Vermögen verließ, bis zu dem, da sie Paris den Rücken kehrten, sahen sie den Falschspieler nicht wieder.
»Zu dumm«, sagte Bessie, als sie mit Paul im Gang des Zuges stand, »daß der arme Mr. Jones in Madrid krank werden mußte.« Anthony hatte einen Blick von Paul aufgefangen und folgte ihm ins Abteil.
»Unser Freund sitzt im letzten Abteil dieses Wagens. Außerdem befinden sich zwei verwegen aussehende Kerle bei ihm. Die Sache wird also bald losgehen.«
Anthony nickte nachdenklich. »Ich vermute, der Überfall wird in dem Tunnel zwischen Boulogne und Calais stattfinden«, sagte er.
Seine Vermutung stimmte. Als der dahinrasende Zug im Tunnel hinter Kap Gris Nez verschwand, gingen plötzlich sämtliche Lichter im Wagen aus.

»Setz das Mädchen in die Fensterecke«, befahl Anthony. Paul tat das umgehend und schichtete dann zu Bessies Verwunderung Polster und Decken um sie auf.
Der Angriff erfolgte blitzschnell. Ein kurzer Lichtschein aus einer Taschenlampe traf Anthonys Gesicht. Er hörte etwas durch die Luft pfeifen und duckte sich gerade noch rechtzeitig, um dem Schlag auszuweichen. Mit einem Knall traf der bleibeschwerte Knauf eines Spazierstocks das Samtpolster. Ehe der Angreifer erneut zum Schlag ausholen konnte, hatte Anthony ihn gepackt und durch die Tür auf den Gang hinausgeworfen. Wieder blitzte das Licht auf, und in seinem Schein sah Anthony die Klinge eines Messers blinken. Er griff nach der Hand, die es hielt, und drehte sie mit aller Kraft nach unten. Der Angreifer stieß einen Schrei aus, den Paul mit einem Fußtritt beantwortete. »Los, deine Taschenlampe, Sandy!«
Sandy knipste die Taschenlampe an, und sie sahen zwei reglose Gestalten auf dem Gang liegen.
»Bring sie hier herein, schnell!«
Sie durchsuchten die beiden nach weiteren Waffen, aber sie fanden keine. Anthony rannte den Gang hinunter zum letzten Abteil des Wagens.
Baltimore Jones war kein Kämpfer. Auch die Aussicht, sich an den Siegern des gestrigen Spieles zu rächen, konnte ihn nicht dazu bringen, das sichere Abteil zu verlassen. Er wartete auf die Rückkehr seiner beiden Kumpane, als Anthony plötzlich vor ihm stand und ihn mit der Taschenlampe anleuchtete.
»Wer ist da?« fragte der geblendete Jones.
»Sieh mal an, wenn das nicht Mr. Jones ist!« Anthony tat so, als habe er eben erst dessen Anwesenheit bemerkt. »Bleiben Sie sitzen, wenn Sie nicht einen Bauchschuß bekommen wollen.«
»Ein kleiner Raubüberfall, wie?« fragte Jones höhnisch, während die geschickten Finger des Mixers seine Taschen durchsuchten.
»Nein, nein, ich habe, was ich wollte. Ihre beiden

Freunde finden Sie übrigens neben der Bahnlinie; das heißt, wenn der Zug, wie ich hoffe, beim Verlassen des Tunnels seine Geschwindigkeit vermindert.«
Das tat er, und Anthony eilte in sein Abteil zurück, wo die beiden Kerle langsam ihr Bewußtsein wiedererlangten. Anthony packte sie und brachte sie auf die Plattform.
»Sie können entweder abspringen oder hinausgeworfen werden. Wählen Sie.«
»Sie haben mir den Arm gebrochen«, beschwerte sich derjenige, den Paul bearbeitet hatte.
»Unsinn, er ist nur verstaucht. Wollen Sie springen oder rausgeschmissen werden?«
»Wir springen!«
Und das machten sie dann auch, als der Zug den Tunnel mit verminderter Geschwindigkeit verließ. Anthony kehrte in sein Abteil zurück.
Auf dem Schiff nach Dover warnte er Bessie, weiterhin so vertrauensselig Fremden gegenüber zu sein.
»Mr. Jones bat mich übrigens, dir ein kleines Andenken zu geben.«
»Eine goldene Uhr und eine Kette nennst du ein kleines Andenken!«
»Steck sie ruhig ein, und trau niemandem.«
»Aber euch habe ich doch auch getraut«, sagte sie lächelnd.
»Das konntest du auch, denn wir sind ehrliche Menschen«, erwiderte Anthony.
Später erzählte er Paul von dem Gespräch und dem »Andenken«.
»Sie wird sich wohl kaum auf diesem Schiff bei Jones bedanken können, oder?« fragte Paul.
»Kaum, nachdem ich ihm Paß und Fahrkarte abgenommen habe.«
»He, jetzt kommt's mir erst. Als was hast du uns Bessie gegenüber ausgegeben? Als ehrlich?«
»Ja, das habe ich getan«, antwortete Anthony. »Du weißt, daß der Begriff Ehrlichkeit relativ ist.«

»Dennoch, wie bringst du ihn mit uns in Verbindung?«
»Wir waren redliche Cousins. Sobald wir Bessie in London abgeliefert haben, werde ich eine neue Laufbahn beginnen, gegen die unsere bisherige so aufregend wie ein Kinderspiel ist.«

Die Razzia

Gemächlich spazierten der Mixer und sein Sekretär die Strandpromenade von Brighton entlang, scheinbar ganz in die Schönheit dieses Sommermorgens vertieft. Sie schwiegen gemäß ihrer Vereinbarung, sich in der Öffentlichkeit so wenig wie möglich zu unterhalten. Anthony lebte in dieser Beziehung nach einer Theorie, die er einst folgendermaßen ausgedrückt hatte: »Man kann sein Gesicht verändern, die Gestalt, alles, nur die Stimme kann man nicht verstellen. Es ist möglich, unter einer Menge von Leuten unerkannt zu bleiben, doch läßt man seine Stimme hören, ist es mit dem Verbergen vorbei.«
Erst als die beiden beim Frühstück saßen, brach Anthony das Schweigen. »Hier in Brighton gibt es für meinen Geschmack zu viele Menschen, die nicht wissen, was sie mit ihrem Geld und ihrer Zeit anfangen sollen. Zum Beispiel die Dicke da drüben in ihrem Chinchillamantel. Der Anblick macht mich fast krank.«
»Der war bestimmt teuer, ich schätze mal dreitausend Pfund, und obendrein macht er sie noch dicker, als sie schon ist«, erwiderte Paul.
»Ja«, sagte Anthony. »Aber stell dir mal vor, wir gingen zu ihr und nähmen ihn ihr weg. Was, um Gottes willen, sollten wir dann mit dem Mantel anfangen?«
»Du könntest eine neue Autodecke gebrauchen«, schlug Paul vor.
Anthony lachte nur.
»Ist dir auf der Promenade jemand besonders aufgefallen?« fragte Paul.
»Mr. Groggenheimer mit einer Perle für vierhundert

Pfund in der Krawatte. Dann der widerliche Profitmacher Stork, der einen Pelz trug, der deinem Ideal einer Decke wohl am nächsten käme. Außerdem Mr. Kandeman . . .«

»Kandeman? Wer ist denn das? Ich habe diesen Namen noch nie gehört.«

»Das dachte ich mir doch«, sagte Anthony. »Paul, ich schäme mich für dich. Du lebst wirklich hinter dem Mond oder im vorigen Jahrhundert oder . . .«

»Erzählst du mir jetzt vielleicht langsam mal, wer dieser Kandeman ist«, unterbrach ihn sein Freund.

»Mr. Kandeman ist ein außerordentlich wohlhabender und außerordentlich selbstgefälliger Gentleman, Vorsitzender der Antispiel-, der Antiraucher- und der Antialkohol-Liga. Ich weiß ja nicht, ob dies die richtigen Bezeichnungen dieser Vereine sind, nenne sie aber so, damit du dir einen Begriff machen kannst, wie hoch er über uns steht.«

»Wovon lebt er denn? Diese ›Anti‹-Geschäfte ernähren ihn doch bestimmt nicht«, meinte Paul.

»Er ist der Besitzer der größten Lebensmittel-Engros-Firma Großbritanniens, wohnt 903 Princes Gardens, London, ist Junggeselle, ein langweiliger Kerl und verbohrt bis dahinaus. Jede Art von Zeitvertreib, die ein wenig Vergnügen mit sich bringt, ist ihm verhaßt. Ich werde heute mittag mit ihm lunchen.«

Paul zog überrascht die Augenbrauen hoch.

»Du willst dich doch wohl nicht etwa bessern?«

»Doch, mein Lieber, das will ich«, antwortete Anthony selbstzufrieden.

Zu seinen Gewohnheiten gehörte es, allein in allen möglichen Gegenden umherzuwandern. Versammlungen welcher Art auch immer übten stets eine große Anziehungskraft auf ihn aus. Gleichgültig, ob es sich um eine Elternversammlung oder um eine Rede irgendeines verstiegenen Anarchisten handelte – der Mixer war dabei. Am gestrigen Abend hatte eine Protestversammlung gegen die Freigabe des Sonntags für sportliche Veranstaltungen stattgefunden, und Anthony hatte den flammenden Reden zugehört. Hier war es auch, wo er Mr. Kandeman kennengelernt hatte, einen hageren Herrn mit den hektisch geröteten Wangen eines Fanatikers. Anthony hatte ebenfalls seinen Teil zur Versammlung beigetragen. Glänzender Redner, der er war, war es ihm leichtgefallen, die Aufmerksamkeit der Anwesenden zu erregen. Mr. Kandeman hatte ihm seine Glückwünsche ausgesprochen und ihn eingeladen, mit ihm am nächsten Tag zu lunchen. Alles hatte nach Anthonys Wunsch geklappt. Niemals mochte es einen bornierteren Menschen gegeben haben als diesen Mr. Kandeman.

»Nein«, antwortete Anthony auf eine Frage von Paul, »ich glaube nicht, daß da was zu holen ist, es sei denn, es gelingt mir, den Saubermann zum Wetten zu bewegen.«

»Zum Wetten?« fragte Paul erstaunt. »Du glaubst doch nicht etwa im Ernst, daß ein Mensch wie er wetten wird?«

»Wer weiß?« erwiderte sein Freund orakelhaft.

Anthony zog zu besagtem Lunch seinen unmodernsten Anzug an. Mr. Kandeman erwartete ihn bereits im Foyer des größten und teuersten Hotels des Badeortes.

»Ah, da sind Sie ja, Mr. Jackson«, begrüßte er ihn. »Es freut mich, daß Sie pünktlich sind. Die jungen Leute von heute haben ja überhaupt keinen Zeitbegriff mehr. Vorige Woche ließ mich eine junge ... Person volle fünf Minuten warten.«

»So etwas ist mir ganz und gar unverständlich«, erwiderte Anthony. »Schon mein verstorbener Onkel John hielt stets auf Pünktlichkeit. Mein Gott, hätte ich doch nur auch auf seine anderen Ratschläge gehört.« Er seufzte. Kandeman musterte ihn mit dem Interesse, als sähe er sich einer Spezies Insekten gegenüber.

»Reue kommt nie zu spät, Mr. Jackson. Ich sagte Ihnen das ja schon gestern abend.« Er führte seinen Gast in

den Speisesaal. »Ich habe einen Tisch in einer ruhigen Ecke gewählt, damit Sie, falls Sie mir etwas mitzuteilen haben, was nicht jeder zu hören braucht, ungeniert sprechen können.«
Als sie Platz genommen hatten, schenkte Mr. Kandeman seinem Gast ein Glas Wasser ein.
»Ich hasse zwar Wein, aber mein Arzt hat mir zum Essen ein Gläschen Rheinwein verordnet«, sagte er. »Daran muß ich mich schon halten, auch wenn es mir gegen den Strich geht.«
Für einen Menschen, der Wein haßte, trank er allerhand.
»Entsetzliches Zeug.« Kandeman schüttelte den Kopf. »Wasser ist es, was uns gesund und jung erhält. Man wird stark davon, denn auch die Löwen trinken es!« Er lachte über seinen eigenen Witz, ohne zu ahnen, daß Anthony im stillen an Esel dachte, die ebenfalls Wasser tranken. Mittlerweile waren sie beim Dessert.
»Nun, Mr. Jackson«, sagte Kandeman, »Sie sprachen doch gestern abend davon, daß etwas Sie bedrücke, nicht wahr? Vielleicht kann ich Ihnen als aufrichtiger Christ beim Tragen Ihrer Last helfen?«
Nachdenklich und scheinbar in sich versunken, spielte Anthony mit seiner Gabel.
»Ja, es ist so, Sir«, erwiderte er schließlich traurig. »Mich bedrückt etwas, und als ich Sie gestern reden hörte, wurde meine Reue nur noch größer.«
»Bitte, fahren Sie fort«, sagte Kandeman, der Gefallen an dem Gespräch zu finden begann.
»Wenn ich doch nur auf die Mahnungen meines teuren Onkels gehört hätte«, seufzte Anthony. »Niemals wäre ich zum gewerbsmäßigen Spieler herabgesunken.«
»Ein gewerbsmäßiger Spieler?«
»Ja, leider, Sir. Ich bin ein gewerbsmäßiger Spieler, ein Rennbahnhai, ein Hochstapler, ein Dieb und Gott weiß was noch alles!« Er schwieg einen Augenblick, um dann mit leiser Stimme fortzufahren: »Noch vor einer Woche bildete ich mir viel auf meine Kunstfertigkeit ein, noch

vor einer Woche wollte ich ein reicher Mann damit werden. Doch was sind schon Reichtümer?«
»So ist es«, pflichtete ihm Kandeman bei.
»Ich wünschte, Greylegs würde das Rennen verlieren, aber niemand hätte letztendlich etwas davon, denn die Buchmacher würden die Verluste der anderen einstekken.«
»Greylegs? Was ist denn das?«
»Ein Rennpferd, sicherer Gewinner des Jesland Handicap. Ich zweifle nicht im geringsten an seine Chancen und ebensowenig daran, daß ich mindestens zwanzigtausend Pfund gewinnen werde. Aber ganz gleich, ob Karten oder Pferde, immer müssen die Leute, die nicht soviel davon verstehen wie ich, mit ihrem Geld für meine Gewinne aufkommen. Schrecklich!«
»Entsetzlich!« rief Kandeman, doch man merkte, daß er noch nicht recht verstanden hatte, warum sein Gast so zerknirscht war.
»Natürlich«, fuhr Anthony fort, und seine Miene klärte sich auf, »könnte ich meine Gewinne einem wohltätigen Zweck zuführen.«
»Das ist eine glänzende Idee, und es würde der Gerechtigkeit dienen. Geld, das aus den Taschen von Spielern stammt, könnte Leuten zugute kommen, die es bitter nötig haben. Aber, Mr. Jackson, woher wissen Sie so genau, daß Greylegs gewinnen wird? Wenn er das Rennen nicht macht, verlieren Sie doch Ihr Geld!«
»Das würde mich nicht so schwer treffen«, sagte Anthony und zuckte mit den Schultern, »aber darüber mache ich mir nicht die geringsten Sorgen. Greylegs wird gewinnen.«
»Ich kenne mich im Pferdesport nicht aus«, sagte Kandeman. »Können Sie mir vielleicht verraten, wann Sie ein Pferd als sicheren Gewinner bezeichnen.«
Anthony erklärte ihm alles so gut wie möglich, und Kandeman folgte seinen Worten mit wachsendem Interesse. Schließlich waren sie die letzten Gäste.

Als Anthony später zu Paul zurückkehrte, hielt er ihm einen von Kandeman unterzeichneten Scheck über zweitausend Pfund hin.

»Wie kann Kandeman so ein Idiot sein?« rief Paul.

»Im Gegenteil, Paul«, belehrte ihn Anthony. »Kandeman ist ein sehr kluger Mensch. Gerade diese Leute sind am leichtesten zu schröpfen. Nicht den Dummen beißen die Hunde, sondern den Überklugen. Nimm einen Mann wie ihn und mache ihm etwas plausibel, was ihm unklar war, und du hast ihn. Ein Geschäftsmann ist meist ein Mensch, der alles, was seine eigenen Geschäfte betrifft, sehr gut beherrscht. Gib ihm eine Nuß zu knacken, die aus einer anderen Branche stammt, und er wird an sie herangehen wie eine neugierige Maus und so lange knabbern, bis die Falle zuschnappt. Übrigens habe ich die Erfahrung gemacht, daß Leute, die die Welt verbessern wollen, die vertrauensseligsten Menschen sind, die es gibt. Wenn du für eine Schnapsbrennerei einen Partner suchst, nimm einen eingeschworenen Antialkoholiker, denn der wird der Meinung sein, durch seine Beteiligung den Verbrauch und die Güte der alkoholischen Getränke beeinflussen zu können.«

»Du hast es also wirklich fertiggebracht, daß er auf Greylegs wettete?«

»Natürlich. Ich machte ihm klar, daß er mit dem gewonnenen Geld die Spielleidenschaft bei anderen bekämpfen könne. Er war ganz begeistert und will öffentlich bekanntgeben, daß er die Buchmacher mit ihren eigenen Mitteln zu besiegen hoffe.«

Paul schüttelte den Kopf.

»Tja, in jedem Menschen ist offenbar ein Funke Habsucht«, sagte Anthony, faltete den Scheck und steckte ihn ein. »Doch das ist nicht der einzige Witz, den ich mir mit Mr. Kandeman leisten werde«, fuhr er fort. »Ich habe nach langer Überlegung zugestimmt, in seinem Haus und in Gegenwart seiner Freunde die Tricks der Falschspieler zu demonstrieren.«

»Was willst du denn damit bezwecken?«
»Vergiß nicht, Paul, daß mich Kandeman für einen gewerbsmäßigen Spieler hält. Ich will ihm zeigen, wie leicht es ist, die Leute zu bestehlen. Er und einige seiner Freunde werden Zeugen sein, wie man als Croupier in Monte Carlo die Besucher verlieren lassen kann.«
»Unsinn! Du weißt doch, daß in Monte Carlo ein Betrug ausgeschlossen ist! Wie oft wurde das schon versucht, aber ...«
Der Mixer lächelte vergnügt. »Natürlich weiß ich das, du Esel, aber Kandeman weiß es nicht. Die Leute, die gegen das Spielen wettern, glauben alles, was man ihnen darüber erzählt. Würde ich sagen, daß die Gewinner im Kasino systematisch von den Pförtnern beim Verlassen der Säle bestohlen werden, er und seinesgleichen würden nicht einen Augenblick an der Wahrheit meiner Behauptung zweifeln.«
Am Abend traf er wieder mit Kandeman zusammen.
»Ich habe alles vorbereitet, Sir, und die dafür notwendigen Dinge bereits aus London angefordert«, berichtete er. »Nur ...« Er zögerte. »Ich möchte nicht ...«
»Immer heraus mit der Sprache«, ermutigte ihn Kandeman.
»Also gut. Ich bin natürlich auf meine Vergangenheit nicht sehr stolz, Sir, und möchte nicht, daß Ihre Dienerschaft erfährt, daß ich ein gewerbsmäßiger Spieler war. Wenn nämlich durch irgendeine Indiskretion meine früheren Kollegen davon erfahren, daß ich ihre Geheimnisse verraten habe, würden sie mich ...«
»Machen Sie sich deswegen keine Sorgen«, fiel ihm Kandeman ins Wort. »Ich habe nur wenige Hausangestellte, und die sind schon jahrelang bei mir und vertrauenswürdig. Ich habe bereits angekündigt, daß an diesem Abend in meinem Haus eine Sitzung der Keuschheitsliga stattfinden wird, zu der keine Fremden zugelassen sind. Die Sitzung wird im Salon im zweiten Stock stattfinden, und es besteht nicht die geringste Ge-

fahr, daß dort jemand, der nicht erwünscht ist, auftaucht.«
»Da bin ich aber beruhigt«, sagte Anthony und dachte: Du habsüchtiger Heuchler!
»Ihre Sachen werden so ins Haus gebracht werden«, fuhr Kandeman fort, »daß nur mein Butler, der schon zwölf Jahre in meinen Diensten steht, sie zu sehen bekommt.«
»Wie viele Ihrer Freunde werden anwesend sein?« fragte Anthony, nachdem er sich für die Rücksichtnahme bedankt hatte.
»Mr. und Mrs. Dawby von der Antirennsport-Liga, Sir John Smather, einer unserer Persönlichkeiten, die alle mehr oder weniger die gleichen Neigungen hatten wie Sie.«
»Vielleicht bitten Sie die Herrschaften, etwas Geld mitzubringen«, sagte Anthony. »Ich möchte die ganze Sache so echt wie möglich aufziehen, damit sie eine Ahnung bekommen, wie es ein wirklicher Spieler macht. Nachdem ich ihnen einige Tricks gezeigt habe, wie sie ihr Geld verlieren können, werde ich ihnen alles erklären.«
»Natürlich sollen sie Geld mitbringen«, stimmte Kandeman begeistert zu.
Zwei Tage später brachte Anthony seine Sachen, geheimnisvoll zugedeckt, in Mr. Kandemans Salon. Auch der Gastgeber war inzwischen nicht untätig gewesen. Er hatte einige seiner fanatischsten Freunde wissen lassen, daß in seinem Haus die Tricks der Falschspieler demonstriert würden und man ihnen nun ein für allemal das Handwerk legen könne.
Eine halbe Stunde vor Beginn der Sitzung traf der Mixer die letzten Vorbereitungen. Er stellte einen mit grünem Tuch bespannten Tisch auf, der genauso aussah wie die im Kasino von Monte Carlo.
»Wirklich ein intelligenter Mann«, pries Mr. Kandeman den Gästen gegenüber seinen neuen Freund. »Ich freue mich, daß er mit meiner Hilfe wieder auf den rechten Weg zurückgefunden hat.«

»Ist er alt oder jung?« erkundigte sich Sir John Smather.
»Noch sehr jung.«
»Ich wollte schon immer mal wissen, wie die Leute von Falschspielern betrogen werden«, sagte eine rotnasige dicke Dame. »Ich glaube, es wird sehr interessant werden.«
Kandeman strahlte.
Ein älterer Mann warf einen Blick auf seine Uhr. »Schon halb zehn.«
»Ja.« Kandeman erhob sich. »Wollen Sie mir bitte folgen.«
Er stieg in den zweiten Stock hinauf, wo sich der Raum befand, in dem die Demonstration stattfinden sollte. Anthony, im Frack, stand hinter dem grünen Spieltisch und begrüßte die Eintretenden mit einer tiefen Verbeugung.
»Bitte, meine Herrschaften, nehmen Sie um den Tisch herum Platz«, sagte er. »Sie, Mr. Kandeman, werden die Aufgaben des Croupiers übernehmen. Während ich noch einige Vorbereitungen treffe, bitte ich Sie, Ihr Geld auf die Nummern zu setzen, die Ihnen am aussichtsreichsten scheinen. Ihr übriges Geld müssen Sie vor sich auf den Tisch legen.«
Die Damen und Herren kamen dem nur zu gern nach, war es doch für sie etwas ganz Neues und Aufregendes.
»Bitte, setzen Sie das Rad in Bewegung«, wandte sich Anthony an Mr. Kandeman. »Nicht so schnell, bitte. Die Kugel wird gegen die Laufrichtung des Rades geworfen. Gut, sehr gut.«
Mr. Kandeman begann daran Vergnügen zu finden. Immer wieder setzte er das Rad in Bewegung.
»Zéro!« rief Anthony. »Das heißt, alle haben verloren. Fahren Sie so fort, Mr. Kandeman, während ich meine Vorbereitungen beende.«
Er zog sich mit einer leichten Verbeugung zurück und verließ durch eine zweite, zu den Dienstbotenräumen führende Tür das Zimmer.
»Herrlich«, sagte Mr. Kandeman. »Ich fühle mich schon wie ein richtiger Croupier.«

Alle waren ganz begeistert bei der Sache, als sich plötzlich die Tür öffnete und ein Polizeiinspektor, gefolgt von drei uniformierten Beamten, den Raum betrat. Mr. Kandeman war wie vom Schlag getroffen. Er kannte den Inspektor.

»Mr. Wilson?« stotterte er. »Was hat das zu bedeuten?«

Der Inspektor schüttelte den Kopf. »Ich muß mich schon sehr wundern, Mr. Kandeman. Sie wissen, wie sehr wir hinter Spielhöllen her sind, und ausgerechnet Sie, von dem wir dachten, daß Sie uns unterstützen, frönen dem Glücksspiel. Was werden die Leute sagen, wenn sie das in den Zeitungen lesen?«

»Das glauben Sie doch wohl nicht im Ernst? Wo ist Mr. Jackson?«

Doch der war spurlos verschwunden.

»Ich kann Ihnen alles erklären, Mr. Wilson«, sagte Kandeman. »Diese Herrschaften hier sind alle mit mir befreundet, und . . .«

»Schenken Sie sich den Rest«, unterbrach ihn der Inspektor scharf. »Sie werden das alles dem Richter erzählen können.«

Doch dieser begnügte sich mit dem Bericht des Inspektors. »Uns war ein Brief zugegangen, der von einem Mr. Jackson unterzeichnet war und uns darauf aufmerksam machte, daß in Mr. Kandemans Haus, 903 Princes Gardens, Glücksspiele betrieben werden«, lautete des Inspektors Aussage. »Ich begab mich mit meinen Leuten in besagtes Haus und fand dort die Angeklagten beim Roulettespiel. Mr. Kandeman schien die Aufgaben des Croupiers übernommen zu haben. Eine größere Summe Geldes lag auf dem Tisch. Ich habe es mit den übrigen Beweisgegenständen beschlagnahmt.«

Nach diesem Bericht war die Verurteilung aller Teilnehmer so gut wie sicher.

»Wieder eine Spielhölle ausgehoben«, sagte der Mixer und legte die Zeitung, in der er den betreffenden Bericht gelesen hatte, zur Seite.

»Da du selbst die Razzia veranlaßt hast, frage ich mich, warum du nicht gleich Polizist wirst«, erwiderte Paul trocken.

»Das ist eine Überlegung wert«, sagte Anthony. »Ich werde es mir durch den Kopf gehen lassen.«

Der Gelegenheitskauf

Der Boden von Brighton wurde dem Mixer nach der Sache mit Mr. Kandeman entschieden zu heiß. Nach einigem Suchen fand er in Westminster, wo er und seine Freunde sich als Medizinstudenten ausgaben, eine möblierte Wohnung.

Mr. Kandeman sah sich zu seinem Erstaunen nicht nur seines Rufes als unentwegter Bekämpfer aller Auswüchse der heutigen Gesellschaft beraubt, sondern beklagte auch noch den Verlust von zweitausend Pfund, die er dem heuchlerischen Mr. Jackson gegeben hatte, um auf Greylegs zu wetten. Dieses Pferd, einst eines der besten auf den Rennplätzen, gab es jedoch schon seit Jahren nicht mehr. Als Kandeman das bekannt wurde, war es zu spät, denn Anthony hatte den Scheck bereits eingelöst. Obendrein wurde der ehrenwerte Mr. Kandeman wegen Betreibens einer Spielhölle zu hundert Pfund oder dreißig Tagen Gefängnis verurteilt.

In London besorgten sich Anthony und seine Freunde Nickelbrillen, um wie Studenten auszusehen, was ihm und Paul auch einigermaßen gelang, während Sandy beim besten Willen nichts von einem Akademiker an sich hatte.

Um den Pförtner des Hauses, in dem ihre Wohnung war, gleich von Anfang an wissen zu lassen, daß sie Medizinstudenten waren, teilte ihm Anthony mit, daß er seinen Onkel erwarte, und bat ihn, diesen ins Middlesex Hospital zu schicken, wenn er bei seiner Ankunft nicht zu Hause sein sollte. Er arbeite dort zur Zeit als Praktikant. Der Pförtner versprach, das zu tun, und nahm sich gleich

vor, die Dienste dieser jungen Mediziner so bald wie möglich gratis in Anspruch zu nehmen.
Oben in ihrer Wohnung sagte Anthony zu Paul: »Ich glaube, es wäre gut, wenn wir uns zwei oder drei Monate so ruhig wie möglich verhalten. Zumindest aber bis zum Eintreffen des Maharadschas von Tikiligi in London.«
»Woher weißt du denn das schon wieder?« fragte Paul verwundert.
»Ich erinnere mich im Augenblick nicht, wer es mir gesagt hat, oder wo ich es gelesen habe«, erwiderte Anthony. Dann wandte er sich einem anderen Thema zu.
Ihre Wohnung lag im zweiten Stock eines Hauses, das einem gerade in Indien weilenden Ingenieur gehörte und von einem Verwalter betreut wurde. Anthony legte sich zeitig schlafen. Plötzlich erwachte er und blickte sich verwundert in seinem Schlafzimmer um. War das nicht ein Schrei gewesen? Er stand auf und wollte zu Pauls Zimmer gehen, als ihm dieser auf dem Flur entgegenkam.
»Hast du den Schrei gehört, Anthony? Da oben scheint die Hölle los zu sein.« Er deutete zum dritten Stock hinauf.
»Ja, da oben scheint die schönste Prügelei im Gang zu sein.«
Durch die dünne Decke drang aufgeregtes Murmeln. Anthony holte seinen elektrischen Abhörapparat hervor, der ihm schon häufig gute Dienste geleistet hatte, und lauschte angestrengt.
»Zieh dich an, und mach, daß du schnellstens hinauskommst!« sagte er plötzlich.
Paul sah ihn verwundert an, dann merkte er, daß sein Freund die oben gesprochenen Worte wiederholte.
»Wo soll ich um diese Nachtstunde hingehen?« fuhr dieser fort. »Das war eine Frauenstimme, Paul.«
»Zieh dich an!«
»Ich glaube, er hat sie geschlagen.«

Nun begann auch Paul unruhig zu werden. Dennoch sagte er: »In eine Auseinandersetzung zwischen Mann und Frau sollten wir uns nicht einmischen.«
Wieder ein Schrei, diesmal noch durchdringender als der, der die beiden Freunde aus dem Schlaf geschreckt hatte. Ein schwerer Fall folgte.
»Ob Mann und Frau oder nicht«, sagte Anthony nun, »ich werde mal nachsehen, was da los ist.«
Er zog Mantel und Schuhe an und stieg mit einer Taschenlampe in der Hand langsam die Treppe hinauf. Im dritten Stock hörte er ein unterdrücktes Schluchzen, und dann sah er eine gegen die Wand gelehnte Frau. Die Ausgesperrte trug nur ein Nachthemd und einen Morgenmantel und blickte Anthony erschrocken an.
»Kann ich Ihnen irgendwie helfen?« fragte er.
Sie schüttelte den Kopf. Er wollte gerade auf die Klingel neben der Wohnungstür drücken, als sie sagte: »Bitte nicht. Es hat keinen Zweck, er kommt nicht heraus.«
»Aber Sie können doch nicht die ganze Nacht hier stehenbleiben«, meinte Anthony zögernd. »Kommen Sie mit hinunter in unsere Wohnung.«
Sie warf noch einen zweifelnden Blick auf die verschlossene Tür, dann erwiderte sie: »Ja, es wird vielleicht besser sein, ich nehme Ihre Einladung an. Heute macht er nicht mehr auf. Er hat mich schon mal vor drei Wochen die ganze Nacht vor der Tür stehenlassen.«
»Ist dieser liebenswürdige Herr Ihr Mann?« fragte Anthony.
Die Frau zögerte mit der Antwort. Schließlich sagte sie trotzig: »Ja.«
Anthony forschte nicht weiter nach, denn der Ton, in dem sie dieses Ja gesagt hatte, ließ ihn erkennen, daß sie log. Unten in der Wohnung bat er sie, im Wohnzimmer Platz zu nehmen, und eilte zu Paul.
»Du mußt mir helfen, sie zu unterhalten«, sagte er zu ihm, nachdem er ihm alles berichtet hatte. »Wie spät ist es eigentlich?«

»Halb drei. Was willst du jetzt mit ihr anfangen?«
Anthony wußte es selbst nicht und schüttelte ratlos den Kopf. Als er ins Wohnzimmer zurückkam, saß die Frau auf der Couch und weinte. Es dauerte lange, bis Anthony sie beruhigt hatte. Nach einer Weile war sie wieder in der Lage zu sprechen.
»Meine Angehörigen wohnen auf dem Land. Vielleicht könnten Sie mir morgen früh einige Kleidungsstücke besorgen und mir etwas Geld leihen, damit ich . . .«
»Natürlich, alles, was Sie brauchen«, unterbrach Anthony sie. »Ich werde alles für Sie tun, was in meinen Kräften steht. Zu Ihrem . . . Mann wollen Sie wohl nicht zurück?«
»Nie wieder! Wie dumm war ich doch, wie unsäglich dumm!« Ihre Lippen zitterten, und nur mit Mühe konnte sie einen neuerlichen Tränenausbruch zurückhalten. »Wenn er ein anständiger Mensch wäre, wäre ja alles halb so schlimm, aber er ist ein Lump, ein Schwindler, und ich, ich wußte es von Anfang an.«
Anthony zog die Stirn in Falten. »Ein Schwindler ist er? Was für eine Art von Schwindler?«
Erst jetzt schien sie bemerkt zu haben, daß sie zuviel gesagt hatte, und zögerte mit der Antwort. Offenbar hatte sie noch allerlei auf dem Herzen, was sie nicht auszusprechen wagte.
»Ich weiß nicht genau, was er treibt«, erklärte sie, »und würde ihn, auch wenn ich es wüßte, nicht verraten. Aber dieses Geschäft mit den Seidenstrümpfen wird nicht so laufen, wie er sich das gedacht hat.«
Anthonys Interesse erwachte.
»Seidenstrümpfe?« wiederholte er. »Ach so, Sie meinen . . .?« Er unterbrach sich, um sie zum Sprechen zu veranlassen, doch sie fiel nicht auf diesen Trick herein. Kleider mußte er seinem Gast am nächsten Morgen doch nicht besorgen, denn ihr »Mann« hatte die Wohnung so früh verlassen, daß sie hineinkonnte.
»Als er mich vor drei Wochen aussperrte«, erklärte sie,

»habe ich mir einen zweiten Wohnungsschlüssel machen lassen.«
Anthony gab der Frau genügend Geld, daß sie zu den Eltern zurückfahren konnte. Er sah sie nie wieder.
Inzwischen hatte er sich nach dem Bewohner im dritten Stock erkundigt, doch es war nur wenig, was er erfuhr.
»Er tätigt Gelegenheitskäufe«, berichtete er Paul, »heißt John Bidder, hat in Long Acre zwei Zimmer als Büros eingerichtet und inseriert in den Tages- und Wochenzeitungen, um seine Gelegenheitsgeschäfte zu propagieren.«
»Was verkauft er denn?« wollte Paul wissen.
»Alle möglichen Dinge, die er auf Versteigerungen der Regierung ersteht. Er verkauft die Sachen mit kleinem Gewinn weiter. Mein Informant weiß nicht viel von ihm, außer, daß er keine Schulden hat und seine Inserate auch von den besten Zeitungen angenommen werden.«
»Scheint alles legal zu sein«, sagte Paul, der von der Auskunft ein wenig enttäuscht war.
Anthony biß sich nachdenklich auf die Unterlippe. »Wenn ich nur wüßte, was die Frau mit dem Geschäft mit den Seidenstrümpfen meinte.«
Am Abend richtete er es so ein, daß er Mr. Bidder im Treppenhaus begegnete, um ihn in Augenschein zu nehmen. Er war ein großer, athletischer Mann, der besonders durch seine stutzerhafte Kleidung und mehrere Diamantringe an den Fingern auffiel. Ein glänzender Zylinder rundete das Bild ab. Er drängte sich an Anthony vorbei und begnügte sich damit, ihn überheblich anzusehen. Dann stieg er gemächlich die Treppe zu seiner Wohnung hinauf, hinter sich den Duft einer teuren Zigarre zurücklassend.
Der Mixer hatte zur Zeit nur wenig zu tun, was mit der Notwendigkeit zusammenhing, nicht aufzufallen. Da kam ihm die Geschichte mit Mr. Bidder gerade recht. Vor allen Dingen versuchte er noch mehr über seinen Mitbewohner herauszubekommen. Seine Methode war dabei

denkbar einfach. Er machte sich an Mr. Bidders einzigen Angestellten heran, einen sommersprossigen jungen Mann von etwa achtzehn Jahren. Es war leichter, als Anthony erwartet hatte.
Bei einer Tasse Tee in einer nahe gelegenen Konditorei sprach Mr. Willie Grames in aller Offenheit über seinen Arbeitgeber.
»Hielten Sie ihn für einen Wohltäter der Menschheit, wenn Sie ihn so auf der Straße sehen würden?« fragte er Anthony. »Nein? Nun, aber genau das ist er. Mein Chef ist ein Philanthrop.«
»Ich habe den Namen noch nie gehört«, sagte Anthony, und Grames lachte hellauf.
»Das kann ich mir denken«, erklärte er, nachdem er sich etwas beruhigt hatte. »Er war auch ihm fremd, bis er ihn benutzte. Und ich vermute nicht nur, daß er nicht so heißt, ich weiß es. Ich habe nämlich einmal einen an ihn adressierten Brief gesehen, den er auf seinem Schreibtisch vergessen hatte. Bidder lautete der Name nicht, der auf dem Umschlag stand, sondern Leggenstein.«
Anthony freute sich über die herzerfrischende Offenheit, mit der Mr. Grames über seinen Arbeitgeber sprach. Und schon bald erfuhr er auch, warum dieser das tat.
»Ich gebe am Samstag meine Stelle bei ihm auf. Bidder alias Leggenstein ist nichts für mein Gewissen.«
»Er hat Sie wohl hinausgeworfen?«
»Mich? Den gibt es nicht, der mich rauswirft. Nein, ich habe selbst gekündigt.«
»Sie erklärten vorhin, Mr. Bidder, oder wie er sonst heißen mag, sei ein Philanthrop. Was meinten Sie damit?«
»Das, was ich sagte. Seit achtzehn Monaten betreibt er sein Geschäft, und die ganze Zeit über arbeitete ich für ihn. Wir haben Tausende und aber Tausende Pfund umgesetzt, ohne daß er dabei so viel verdient hätte, um seine Zigarren bezahlen zu können. Und das sieht ihm so gar nicht ähnlich, denn er ist hinter dem Geld her wie der Teufel hinter einer armen Seele. Da stimmt irgend etwas

nicht. Ich will Ihnen nur ein Beispiel nennen: Wir erstanden von der Regierung ein ganzes Lager bester alter Militärhandschuhe. Unter alt meine ich nicht etwa, daß sie getragen worden waren, nein, sie stammten noch aus den Kriegsmagazinen. Die schönsten Handschuhe, die Sie sich denken können; Leder mit Pelz gefüttert und mit Pelzrand, solche, wie sie von Fliegern benutzt wurden. Wir zahlten achtzehn Pence für das Paar; wert waren sie mindestens fünfundzwanzig Shilling, die wir auch ohne weiteres bekommen hätten. Was aber glauben Sie, was er dafür verlangt hat? Zweieinhalb Shilling pro Paar! Er verdiente noch nicht einmal das Geld, das er zu ihrem Verkauf für Inserate ausgegeben hatte.«

»Wie viele Paare waren es denn?«

»Etwa fünftausend! Das einzige, was er erreichte, war, daß er als ›billiger Mann‹ bekannt wurde. Seine Inserate begleicht er in bar und hat deshalb bei den Zeitungen den besten Ruf. In achtzehn Monaten hat er, wie ich ausgerechnet habe, etwa zweitausend Pfund draufgezahlt. Na, ist er nun ein Wohltäter der Menschheit oder nicht?«

Anthony dachte eine Weile nach, dann fragte er: »Wie viele Bestellungen liefen denn ein?«

»Ungefähr zwanzigtausend. Ich brauchte über eine Woche, um den Leuten, für die wir keine Handschuhe mehr hatten, ihr Geld zurückzuschicken. Mein Gott, die Inserate! Sie hätten sie sehen müssen. Über die ganze Seite: ›Bidders Gelegenheitskäufe!‹ Er kauft und verkauft alles, aber die Handschuhe waren bisher sein größter Schlager. Natürlich betreiben wir unser Geschäft nicht im Büro; dorthin bekommen wir nur die Briefe. Er hat in einem Londoner Vorort ein Lager und, wie ich erfahren habe, ein zweites in Manchester.«

Er fuhr fort, von seinem Chef zu erzählen, und der Mixer pickte sich heraus, was für ihn wichtig war.

»Ich glaube«, sagte er später zu Paul, »da wird sich erst was tun, wenn sein Angestellter, Mr. Grames, aus dem Weg ist. Der junge Mann erklärte zwar, selbst gekündigt zu haben, aber ich bin überzeugt, daß ihm gekündigt wurde.«

Anthony sollte recht behalten. In der folgenden Woche, am Montag, kam Paul in sein Schlafzimmer, wo er sich gerade ankleidete.

»Hier hast du deine ›Seidenstrümpfe‹«, sagte er und reichte Anthony die Zeitung. Mr. Bidders Inserat war überschrieben mit:

BIDDERS GELEGENHEITSKÄUFE

Diesmal waren Mailänder Seidenstrümpfe an der Reihe: »Alle Farben«, hieß es im Inserat, »Weiß, Schwarz, Grau, Beige usw.« Mr. Bidder unterrichtete seine Kundschaft darüber, daß er durch einen glücklichen Zufall einen Posten echter Seidenstrümpfe habe erstehen können. Er habe die Ware so billig eingekauft, teilte er weiter mit, daß es ihm möglich sei, ein Paar für zehn Shilling herzugeben. Auf einem Bild war eine Dame zu sehen, die besagte Strümpfe trug. Das Inserat schloß mit den Worten: »Wenn Sie reich aussehen und sich reich fühlen wollen, dann sind Sie auch reich!«

Zehntausend Paar Strümpfe sollten abgegeben werden. Einzelne Paare würden nur geliefert, wenn keine Dreierbestellungen mehr vorlägen. Man sollte das Geld in bar an den Coupon heften, der unter dem Inserat zu finden sei, und ihn an die angegebene Adresse schicken.

Anthony las das Inserat sehr sorgfältig.

»Ich verstehe zwar nicht viel davon«, sagte er, »aber meines Wissens bekommt man ein Paar Strümpfe dieser Art nicht unter sechzehn Shilling.«

»Einundzwanzig!« korrigierte ihn Paul. »Ist das Inserat auch noch in anderen Zeitungen erschienen?«

Alle Zeitungen brachten es.

Anthony schrieb ein paar Zahlen auf ein Blatt Papier. Dann sagte er: »Diese Inserate müssen Bidder an die siebentausend Pfund gekostet haben. Und das gibt er

aus, um für fünfzehnhundert Pfund Strümpfe zu verkaufen!«
»Hör mal, da steht noch was«, sagte Paul und las laut vor: »Beachten Sie unsere demnächst im März inserierten Gelegenheitskäufe, die alles bisher Dagewesene übertreffen werden.«
»Man sagt«, meinte Anthony, »daß in jeder Minute ein Dummkopf, ein Idiot in die Welt gesetzt wird. Unser Freund Bidder nimmt nur Bargeld. Das bedeutet, daß er drei Tage zur Verfügung hat, um seinen dunklen Plan reifen zu lassen. Erkundige dich mal beim Pförtner, Paul, ob Bidder oder Leggenstein Anstalten getroffen hat, im Ausland Urlaub zu machen.«
Paul erfuhr vom Pförtner, daß Bidder tatsächlich daran dachte, sich von den Strapazen ein wenig zu erholen.
»Sobald er seine Seidenstrümpfe verkauft hat, Sir – die Inserate haben Sie doch gesehen, nicht wahr? –, wird er nach Paris fahren. Das hat er mir jedenfalls erzählt.«
Doch was der Pförtner gesagt hatte, stimmte nicht ganz. Lange bevor die Strümpfe verschickt waren, in der Tat drei Tage nach Erscheinen des Inserats, kehrte Bidder zeitiger als gewöhnlich nach Hause zurück und fing, leise vor sich hin singend, zu packen an. Paß und Fahrkarten lagen bereit. Plötzlich hörte er ein leises Husten hinter sich. Er drehte sich um und erschrak, denn vor ihm stand ein maskierter Mann in einem langen Leinenmantel.
»Verzeihen Sie, daß ich mein Gesicht hinter einer Maske verberge«, sagte er. »Ich hasse das normalerweise, aber die Versuchung, mir einen Damenstrumpf über den Kopf zu ziehen, war zu groß.«
»Wer zum Teufel sind sie?« Mr. Bidder war bleich geworden.
»Ich bin Henry M. Nemesis«, antwortete der Fremde. »Und wenn Sie Ihre Hände jetzt nicht ruhig halten und weiter versuchen, Ihren Revolver aus der Tasche zu ziehen, muß ich Ihnen eine Kugel verpassen. Und das aus

einer Pistole, die – ich gestehe es reumütig – nicht registriert ist. Und ich versichere Ihnen, ich kann gut schießen.«
»Hauen Sie ab!« zischte Bidder. »Was wollen Sie von mir? Die Wohnung gehört zwar mir, aber nicht das Inventar. Ich habe sie möbliert gemietet.«
»Das weiß ich«, sagte der Fremde. »Was ich möchte, ist Ihre Brieftasche mit den vielen neuen Tausend-Pfund-Noten, die Sie heute nachmittag gegen die kleinen Scheine auf Ihrer Bank eingetauscht haben. Sie waren ja während der letzten Tage sehr mit Einnehmen beschäftigt.«
Bidder war unruhig geworden. »Ich mache Ihnen einen Vorschlag. Ich gebe Ihnen tausend Pfund, und Sie verschwinden.«
»Nein, mein Freund. Ich will alles, was Sie in der Tasche haben. Und wenn Sie sich zur Wehr setzen, verbrenne ich auch noch Ihren Paß.«
Bidder sank halb ohnmächtig auf einen Stuhl. Aber erst nach etwa fünf weiteren Minuten hatte er eingesehen, daß sein Besucher es ernst meinte.
»Ich werde mich bei Ihnen für diese Niederträchtigkeit revanchieren«, drohte er, als er dem Mixer schließlich seine Brieftasche aushändigte.
»Diese Worte kommen mir bekannt vor. Das haben andere auch schon gesagt.« Er zählte das Geld. »Achttausend Pfund?« Er pfiff überrascht durch die Zähne. »Also nur sechzehntausend sind Ihnen auf den Leim gegangen, wie? Nein, das kann ich nicht glauben. Her mit dem restlichen Geld!«
Bidder zog noch mehr Banknoten aus der Tasche. Wieder zählte Anthony.
»Ja, das mag schon eher stimmen. Die Scheine, die Sie in Ihre Stiefel gesteckt haben, lasse ich Ihnen. Ich bin nicht so raffgierig wie Sie. Die Zeitungen werden wohl auch ihrem Geld nachtrauern müssen, wie? Achtzehn Monate haben Sie diesen Coup vorbereitet. Schöne

Strümpfe und vor allen Dingen billig, ihr Frauen Englands!«
Endlich fand Mr. Bidder die Sprache wieder: »Sie sind wohl von der Polizei?« fragte er.
»Seit wann trägt die denn Masken?« erkundigte sich der Mixer seelenruhig. »Seien Sie doch vernünftig, Bidder. Sie kennen doch die Polizei, denn Sie haben ja für eine ähnliche Sache wie diese schon gesessen. Nehmen Sie Ihre Tasche, und gehen Sie in Frieden.«
An der Tür drehte sich Bidder noch mal um. Sein Gesicht war wutverzerrt. »Meine Zeit wird kommen«, drohte er. »Wenn ich ein Ganove bin – bist du vielleicht etwas anderes? Ich bestehle die Leute, aber du auch!«
»Nein, das tue ich nicht«, erwiderte Anthony. »Ich will nur der verschwenderischen Weiblichkeit eine Lektion über Sparsamkeit erteilen. Es ist ein Verbrechen, Geld für seidene Strümpfe auszugeben. Und nun verschwinden Sie! Ich gebe Ihnen zehn Minuten Zeit, und wenn Ihnen meine Methoden nicht passen, können Sie sich ja bei der Polizei beschweren, die sich, soweit ich unterrichtet bin, bereits für Ihr Strumpflager interessiert.«
Mr. Bidder verließ eilig den Schauplatz des Geschehens.

Der Fall der Dolly de Mulle

Die ganze Lebensweisheit des Mixers erschöpfte sich in sieben Worten: »Sei niemals dort, wo man dich vermutet!« Auf seiner Suche nach leichtverdientem Geld zog er wie ein Nomade von Zeltlager zu Zeltlager, von Pensionen in Hotels und wieder in Pensionen. Oft vergingen Wochen, ehe er wieder ein Opfer fand. Nicht, daß Schwindler und Betrüger seltener geworden wären, aber man begegnete eben nicht jeden Tag einem. Und es gab auch Zeiten, in denen es ratsam war, ein wenig Gras über alte Geschichten wachsen zu lassen, wie zum Beispiel nach der Sache mit Mr. Kandeman.

Anthony hatte, wie bereits erwähnt, Paul mitgeteilt, daß er, ehe er neue Pläne schmiede, die Ankunft des Maharadschas von Tikiligi abwarten wolle, aber der Zwischenfall mit Mr. Bidder und das erhöhte Interesse, das die Polizei für den Strumpfhändler zeigte, bewogen ihn, sich nach einem neuen Aufenthaltsort umzusehen.

Er mietete ein Haus in einer Gegend Londons, wo er vor weiteren Nachforschungen der Polizei sicher sein würde. In dieses Haus kehrte der Mixer eines frühen Vormittags zurück, weckte den noch schlafenden Paul und schleifte ihn ins Speisezimmer.

»Was ist denn passiert?« fragte Paul.

»Tut mir leid, daß ich dich wecken mußte, aber ich kann nicht warten, bis du ausgeschlafen hast.« Er steckte den Kopf zur Tür hinaus und rief: »Sandy! Mach mir eine Tasse Kakao.«

»Nun sag schon, was los ist. Hast du etwa die Jagdgründe der reichen Müßiggänger betreten?«

»Erraten!« Anthony legte Kragen und Krawatte und seinen eleganten Cut ab. »Ich war bei Magson.«
»Im Nachtclub? Bist du denn Mitglied?« erkundigte sich sein Freund verwundert.
Anthony lachte. »Man wird es, wenn man den hohen Eintritt zahlt«, erklärte er. »Wenn du Geld hast, kannst du überall Mitglied werden.«
Magson war der exklusivste Londoner Nachtclub. Die Mitgliederzahl war beschränkt. Wer nicht den Eintritt von fünfundfünfzig Pfund und weitere fünfundfünfzig Pfund jährlichen Mitgliedsbeitrag zahlen konnte, mußte auf die Ehre verzichten, dem Club anzugehören. Und außerdem brauchte man noch Referenzen eines Mitglieds. Anthony aber kannte niemanden von den Neureichen, die im Club verkehrten.
»Ich habe mich sozusagen eingeschlichen«, berichtete er, »und zwar als Freund des reichen jungen Mannes, den ich in der Alhambra kennenlernte, dieses unglücklich verliebten Mr. Job Tillmitt. Die Dame seiner Wahl ist Miss Dolly de Mulle, eine recht teure Herzensbrecherin, die ihren Freunden den letzten Cent aus der Tasche zieht. Sie hat ein herrliches Haus in Kensington, ein Landhaus in Somerset und eine Villa an der Riviera. Daß sie außerdem noch meterlange Perlenketten, einen Haufen Diamanten und ein Bankkonto besitzt, das einen Millionär vor Neid erblassen lassen würde, deutet nur noch mehr darauf hin, wie lukrativ sie ihre Schönheit zu verwerten weiß.«
»Du machst wohl Scherze?«
»Nein, ganz und gar nicht. Da du noch nie von Miss Dolly de Mulle gehört hast . . .«
»Du irrst dich«, unterbrach ihn Paul. »Ich habe von ihr gehört. Allerdings . . .«, er zögerte, dann fuhr er fort: ». . . glaube ich nicht, daß das was für uns ist. Diese Frau ist nicht von der Sorte einer Milwaukee Meg.«
»Aber weit davon entfernt ist sie nicht. Das einzige, worin sie sich von unserer alten Freundin unterscheidet, ist,

daß sie sich weniger als Meg in Gefahr begibt. Du täuschst dich in ihr; sie hat mehr junge Männer zum Selbstmord getrieben und mehr verzweifelte Eltern geschröpft als hundert andere Frauen ihrer Klasse. Außerdem«, fügte er nachdenklich hinzu, »befürchte ich, daß sie mir auch die hunderttausend Pfund abknöpfen wird, die ich aus dem Verkauf meiner Silbermine erlöst habe.«
Paul starrte ihn zunächst an, dann lachte er laut auf. »Das ist also dein Trick!« rief er. »Du hast dich mit der Dame schon bekannt gemacht?«
»Ich habe mich lange mit ihr unterhalten. Langweilig genug war es, das kann ich dir sagen. Anfangs hatte ich gar nicht daran gedacht, daß bei der Sache etwas herausspringen könnte. Miss Dolly ist eine Frau, die das Leben junger Leute nicht nur interessant, sondern faszinierend macht. Auch mich hat sie überzeugt, daß der rechte Platz für mich ihre Kreise sind. Morgen werde ich diese Wohnung hier aufgeben. Ich habe mich gestern schon nach einer passenden umgesehen und am Piccadilly etwas gefunden, was speziell für mich gebaut worden zu sein scheint. Die Wohnung wird mich möbliert zwar sechzig Pfund wöchentlich kosten, ist aber alles, was man sich nur wünschen kann. Wenn sie noch nicht weg ist, werden wir morgen abend schon darin schlafen.«
Er blickte Sandy an, der gerade mit dem Kakao hereinkam.
»Und du wirst auch nicht mehr Kakao kochen müssen, Sandy«, sagte er. »Du wirst mein Kammerdiener und Paul mein Chauffeur. Ich muß mir einen Wagen besorgen, und du weißt, Paul, daß ich an meinen Chauffeur große Ansprüche stelle.«
»Hm!« war alles, was Paul erwiderte.

Gegen halb zwei am folgenden Nachmittag stieg Miss Dolly de Mulle aus ihrem eleganten Wagen aus und betrat die Eingangshalle des Park Hotels. Neugierige Augen musterten sie, denn sie war den Stammgästen des Hotels

bestens bekannt. Auch sah man sich nach ihrem neuen Opfer um und fand es in einem jungen Mann, der ihr freudig entgegeneilte.
»Wie nett von Ihnen, Miss de Mulle«, rief er ihr zu. »Ich habe bis zuletzt daran gezweifelt, daß Sie die Verabredung einhalten werden.«
»Ich halte Verabredungen immer ein«, erwiderte sie.
Anthony konnte nicht umhin, die Schönheit dieser Frau zu bewundern, die er heute zum erstenmal bei Tageslicht sah. Im Speisesaal zog sie lässig ihre Handschuhe aus.
»Besuchen Sie oft den Club?« fragte sie.
»Nein«, antwortete Anthony. »Solche Umgebung macht mir ein wenig angst. Ich bin ja nur ein gewöhnlicher Goldgräber.«
»Für einen Goldgräber sind Sie eigentlich noch recht jung«, meinte sie. »Was tun Sie hier in London?«
»Ich suche eine sichere Anlage für mein Geld«, vertraute er ihr an. »London gefällt mir sehr gut, aber es gibt Zeiten, da würde ich am liebsten wieder nach Ontario zurück.«
»Mit hunderttausend Pfund kann man schon allerlei anfangen«, sagte sie und blickte ihn nachdenklich an. »Ich habe einige recht gute Beziehungen zu Leuten, die sich, was Kapitalanlagen betrifft, bestens auskennen. Vielleicht kann ich Ihnen da helfen.«
Soso, dachte Anthony. So also will sie es drehen. Er hatte sich schon gefragt, wie sie es anstellen würde, an sein Geld zu kommen, ohne dabei selbst irgendwelches Risiko einzugehen.
Wenn er sie so anblickte mit ihren unschuldigen blauen Augen und den entzückenden Grübchen, konnte er es kaum glauben, daß dies die Frau war, die Nelson Grey zum Selbstmord getrieben, den jungen Lord Feltan ruiniert und Dutzende anderer junger Leute an den Rand des Abgrunds gebracht hatte. Erst als sie nochmals von seinem Vermögen zu sprechen anfing, stand er wieder mit beiden Beinen auf der Erde.

»Ich selbst verstehe nur wenig von derartigen Dingen«, sagte sie, »aber meine Freunde sind da sehr clever. Einer von ihnen erzählte mir erst vorige Woche etwas von einer Gesellschaft – ich glaube, sie hieß Bencombe China Clay Company –, die jedem, der dort Geld anlegt, ein Vermögen einbringen würde. Nur gut, daß Sie mich getroffen haben, denn es gibt Menschen, die sich auf die Lauer legen, unerfahrenen vermögenden Leuten wie Ihnen ihr Geld abzunehmen.«
»Ja, da bin ich auch sehr froh«, erwiderte Anthony.
Sie erwähnte an diesem Tag sein Geld nicht mehr, und bald darauf begleitete er sie nach Hause. Ehe er sich von ihr verabschiedete, vereinbarten sie noch ein Treffen für den nächsten Tag. Von da an sahen sie sich häufig. Als Paul erfuhr, daß Anthony für ein Kostümfest eine Loge in der Albert Hall gemietet hatte, seufzte er schwer.
»Für welches Kostüm hast du dich denn entschieden?« fragte er.
»Ich gehe als Pierrot und meine ›Herzdame‹ auf meinen Rat hin als Königin von Saba«, antwortete Anthony lächelnd.
Paul mußte grinsen. »Da legt sie wohl alle ihre tragbaren Werte an, wie?« fragte er.
»Du hast es erraten. Ich habe gehört, daß sie bei solchen Gelegenheiten Schmuck im Wert von etwa hunderttausend Pfund zu tragen pflegt, und ich werde ihr Beschützer sein. Das gefällt mir gar nicht.«
»Ich habe dir ja abgeraten«, sagte Paul.
»Ich sehe ein, daß du recht hattest, aber ich habe die Sache angefangen und muß sie nun auch zu Ende bringen.«
»Warum eigentlich? Gut, sie hat einige reiche Jünglinge um ihr Geld gebracht, aber das macht sie mir um so unsympathischer.«
»So ein Unsinn!« erwiderte Anthony schlecht gelaunt.
Er hatte noch keinen festen Plan. Wäre Miss de Mulle ein Mann, wäre alles leichter gewesen. Außerdem stellte er zu seinem Erstaunen fest, daß er von Tag zu Tag faszi-

nierter von ihr war. Immer wieder hielt er sich vor Augen, wozu sie ihre Reize einsetzte, aber es nützte nichts. Er fand keine Ruhe.
Am Nachmittag des Tages, an dessen Abend der Kostümball stattfinden sollte, tranken sie zusammen im Circus Hotel Tee. Er ärgerte sich darüber, daß er sich darauf freute, sie in wenigen Stunden wiederzusehen. Je mehr er ihrem Charme unterlag, desto geringer wurde die Aussicht, seinen bisher noch nicht definitiv ausgearbeiteten Plan erfolgreich durchzuführen.
Dieses Treffen sollte der Anfang aufregender Ereignisse werden, wenn auch Miss Dolly de Mulle selbst nichts dazu beitrug. Anthony hatte gezahlt und wollte gerade mit seiner Begleiterin in die Eingangshalle gehen, als ihn ein unbestimmtes Gefühl veranlaßte, sich rasch umzudrehen. Er begegnete dem Blick eines Mannes, der sich in einer Ecke des Raumes niedergelassen hatte und dem Mixer nachstarrte. Anthony sah sich ein zweites Mal um, und plötzlich erkannte er ihn. Als sie draußen waren, verabschiedete er sich von Miss de Mulle und begab sich auf Umwegen in seine Wohnung.
Sandy sah ihm sofort an, daß etwas Besonderes vorgefallen war.
»Ist etwas passiert, Anthony?« erkundigte er sich.
»Ich habe im Circus Hotel jemanden wiedergesehen. Rat mal, wen.«
Sandy schüttelte ahnungslos den Kopf.
»Baltimore Jones. Du weißt doch, der Mann, den wir in Madrid aufs Kreuz gelegt haben.«
Sandy pfiff überrascht durch die Zähne. »Hat er dich erkannt?«
»Ich glaube, ja. Wahrscheinlich beobachtete er mich schon eine ganze Weile, ohne daß ich eine Ahnung davon hatte. Ist Paul da?«
»Ja, er wartet auf Instruktionen für den Abend.«
»Schick ihn herauf.«
Paul erschien. Die Chauffeurmütze in der Hand, hörte er

dem Bericht des Freundes über die unheilvolle Begegnung im Circus Hotel schweigend zu. Schließlich sagte er: »Ich glaube nicht, daß er uns Unannehmlichkeiten bereiten wird.«
»Da bin ich anderer Meinung, denn Jones machte auf mich schon immer den Eindruck eines Mannes, der mit jeder Kleinigkeit zur Polizei läuft.«
»Wie auch immer, er kann gar nicht wissen, was du hier vorhast. Ist er dir nachgegangen?«
»Nein. Ich bin auf Umwegen nach Hause gekommen. Dennoch sollten wir uns darauf einstellen, noch heute nacht abhauen zu müssen.«
»Wie sieht dein Plan aus?« fragte Paul.
»Du bleibst mit dem Wagen an der Parkecke, das ist nur hundertfünfzig Meter von der Albert Hall entfernt. Ab zehn Uhr muß der Motor laufen.«
»Und wie sieht nun dein Plan aus?« fragte Paul noch mal.
»Ich habe dir doch schon hundertmal gesagt«, erwiderte er verärgert, »daß ich noch keinen genauen Plan habe. Ich werde das tun, was mir der Augenblick eingibt.«
Er war noch nie an eine Sache mit größerer Unlust herangegangen als an diese. Er hatte tatsächlich Gewissensbisse, Miss de Mulle um ihre unrechtmäßig erworbenen Schätze zu erleichtern.
Im Kostüm des Pierrot, das Gesicht mit Kreide weiß gemacht, betrat er am Abend den Saal der Albert Hall. Es war erst halb zehn, aber es herrschte schon ziemliches Gedränge. Er warf einen Blick auf die Logen und sah in einer davon Dolly ganz allein sitzen. Kurz darauf war er bei ihr.
Dolly sah entzückend aus. Lange Ketten ausgewähltester Perlen schmückten ihren Hals, ein Diadem mit Diamanten verbreitete sprühendes Feuer, ein riesiger Smaragd glänzte in dem Turban, der ihr Haar verbarg. Wie eine Drohung schien er Anthony anzustarren.
»Kommen Sie«, bat sie ihn mit leiser Stimme. »Setzen Sie sich. Nein, nicht dort drüben! Hier hinten.«

Der sonderbare Ton, in dem sie sprach, erregte sofort Anthonys ganze Aufmerksamkeit. Er wußte, daß er in Gefahr war. Nur mit Mühe gelang es ihm, sich nichts von seinem Mißtrauen anmerken zu lassen.

Von seinem Stuhl aus konnte er zwar den ganzen Saal überblicken, selbst aber von unten und den Seiten, wie er rasch feststellte, nicht gesehen werden. Nur einen kurzen Moment lang ruhte sein Blick auf dem Vermögen, das Dolly da mit sich herumtrug, und schweifte sofort wieder ab, denn eine innere Stimme sagte ihm, daß er diese Stücke niemals sein eigen nennen würde. Im Laufe der Zeit hatte er sich innerlich immer mehr dagegen gesträubt, diese Frau zu berauben, und niemals war ihm etwas so abstoßend erschienen wie das, was er vorhatte.

»Ja, da sitzen Sie gut, Mr. Mixer.«

Trotz aller Selbstbeherrschung sprang Anthony auf.

»Sie sind ein netter Kerl«, sagte Dolly und sah ihn mit einem merkwürdigen Blick an. »Ich mag Sie. Sie hätten mich wirklich mit der Geschichte von Ihren hunderttausend Pfund beinahe geleimt.«

»Ich weiß nicht, wovon Sie sprechen, Miss de Mulle.«

Sie schüttelte den Kopf. »Lassen Sie doch das Leugnen«, sagte sie. »Die Situation ist zu gefährlich für Sie.«

»Gefährlich? Für mich?«

»Unten im Saal warten vier Kriminalbeamte auf Sie«, erklärte sie ihm.

Ein kurzes, beklemmendes Schweigen trat ein.

Dann fuhr sie fort: »Sie halten mich wahrscheinlich für eine Frau, die nichts anderes tut, als reiche junge Männer auszunehmen. Aber glauben Sie mir, es ist Unsinn, was die Leute über mich sagen. Und ich treibe auch keine Menschen in den Tod. Eines dieser sogenannten Opfer meiner Verführungskünste hat mich verpfiffen! Sie wissen wohl, was dieser Ausdruck bedeutet, nicht wahr?«

Anthony nickte.

»Gut. Die Leute da unten wurden informiert, daß Sie zu mir kommen würden, und deshalb warten sie auf Sie. Im

Augenblick befaßt sich ein Herr nur damit, diese Loge zu beobachten; er weiß aber vorläufig noch nicht genau, ob Sie schon hier sind. Verschwinden Sie so schnell wie möglich.«
»Aber was wird aus Ihnen?« fragte er besorgt.
Sie zuckte mit den Schultern. Dann sagte sie leise: »Heben Sie ein klein wenig Ihren Kopf. So! Sehen Sie dort unten im Saal den Herrn in dem roten Kostüm mit der schwarzen Maske? Ah, jetzt eben hat er sie abgenommen.«
Vorsichtig blickte Anthony über die Brüstung und erkannte in ihm den jungen Mann aus der Alhambra.
»Das ist mein Feind«, erklärte sie mit besorgter Stimme. »Er befindet sich auf dem Weg hierher, um mich vor die Alternative Gefängnis oder, na, Sie wissen schon, zu stellen.«
»Ich verstehe, was Sie meinen«, erwiderte Anthony. »Er ist ungefähr von meiner Statur.«
Er blickte sich in der Loge um. Rechts von ihm stand eine spanische Wand, die die Gäste vor Zugluft schützen sollte.
»Diese Wand wird mir ausgezeichnete Dienste leisten«, sagte er. »Die nächste Loge ist frei, nicht wahr? Und diese Tür führt hinüber?«
»Ja.«
Er drückte die Klinke runter – die Tür war unverschlossen – und trat in den Nebenraum. Vorne hing rechts und links ein Vorhang. Den linken zog Anthony zu.
»Großartig«, sagte er, als er zu Dolly zurückkam. »Wissen Sie vielleicht, wer die Nebenloge gemietet hat? Nein? Ich habe mir nämlich erlaubt, die auf den Gang führende Tür abzusperren.«
Im selben Augenblick klopfte es, und ohne Dollys »Herein« abzuwarten, betrat ein junger Mann in einem Mephisto-Kostüm die Loge.
Er konnte Anthony, der hinter der spanischen Wand stand, nicht sehen; erst als er die Mündung eines Revol-

vers an seinem Nacken fühlte, bemerkte er die Anwesenheit eines Dritten.
»Los, in die Nebenloge mit Ihnen, und geben Sie keinen Laut von sich«, befahl ihm Anthony drohend. »Ich möchte Ihr herrliches Kostüm.«
Eine halbe Stunde später traten aus der Tür der von den Kriminalbeamten beobachteten Loge die Königin von Saba und Mephisto. Als die beiden im Saal an den Beamten vorbeigingen, blickten diese sich nur fragend an. Sie sollten erst dann eingreifen, wenn Mephisto ihnen den Befehl dazu gab. Inzwischen versuchte der seines Kostüms Beraubte sich der Fesseln zu entledigen, die ihm der Mixer angelegt hatte.
Einige Minuten später saßen Dolly de Mulle und Anthony in einem Auto und rasten in Richtung South Kensington.
»Nun, Miss de Mulle«, sagte Anthony, als der Wagen vor der Tür ihrer Wohnung anhielt, »es bleiben Ihnen etwa zehn Minuten, um von hier zu verschwinden.«
»Fünf genügen«, erwiderte sie und streckte ihre Hand aus. »Hier, mein lieber Gesinnungsgenosse, das ist für Sie.«
Es war eine wunderschöne Perlenkette, doch er schüttelte den Kopf. »Nein, danke, aber wenn Sie mir gestatten . . .«
Er beugte sich zu ihr und küßte sie auf den Mund.
Paul hatte das Ganze beobachtet. »Ich möchte nur gern wissen«, sagte er leise vor sich hin, »wie er Sandy und mir davon unseren Anteil an der Beute geben will.«

Der Zusammenbruch der Billiter-Bank

Eines Abends – sie wohnten damals noch in Kensington – kam der Mixer mit finsterer Miene nach Hause. Im Wohnzimmer warf er eine Zeitung auf die Couch und sagte: »Die Billiter-Bank ist pleite.«

»Wer?« Paul sah ihn verwundert an. »Was hat das mit dir zu tun?«

»Mit mir nichts«, erwiderte Anthony, »aber mit vielen armen Leuten, die ihr Hab und Gut verlieren. Ich bin ja nicht so dumm, mein Geld Privatbanken – und schon gar nicht der von Billiter – anzuvertrauen. Hast du mal das Gesicht dieses Mannes gesehen?«

»Nein. Ist es so schlimm?«

»Im Gegenteil. Er schaut aus wie ein Heiliger. Na, jedenfalls ist seine Bank pleite.«

»Und Billiter? Was ist mit ihm?«

»Verschwunden, verduftet!«

»Und hat wohl das nötige Kleingeld mitgenommen?«

Anthony nickte. »Seit zwei Tagen ist er unauffindbar«, berichtete er. »Erst durch sein Verschwinden ist man ihm auf die Schliche gekommen. Man prüfte die Bücher und Depots und sah dann die Bescherung. Das ganze Bargeld ist weg. Und dazu kommt noch, daß Billiter in den letzten Monaten alles, was möglich war, zu Geld gemacht hat. Er hat an die achthunderttausend Pfund mitgenommen, woraufhin alle seine Filialen die Zahlungen eingestellt haben. Die Leute dürften, wenn überhaupt etwas herausspringt, nur ein knappes Viertel ihres Geldes erhalten.«

»Die armen Teufel! Glaubst du, daß man ihn schnappen wird?«

»Billiter ist ein ganz gerissener Hund. Schon damals, als ich ihn kennenlernte, hatte ich den Eindruck, daß er ein Mann ist, der nichts ohne lange Vorbereitungen unternimmt. Deshalb glaube ich zum Beispiel auch nicht an eine Flucht nach Südamerika, denn er weiß so gut wie jeder andere, daß jedes Schiff genau durchsucht werden wird. Heutzutage ist es nicht mehr so leicht, von den Britischen Inseln zu fliehen.«
»Und du beabsichtigst nun, dich auf die Suche nach ihm zu machen?«
»Ja, und ich werde ihn auch finden. Das ist das wenigste, was ich für die armen Teufel tun kann, die er bestohlen hat. Ich bin der reichste Dieb Englands und kann es mir leisten, meine Zeit und mein Geld zu opfern, um das von Billiter verursachte Elend zu mindern. Achthunderttausend Pfund sind ja für eine Bank nicht viel«, fuhr er nachdenklich fort, »aber man weiß ja noch gar nicht, wie weit seine Unterschlagungen gehen. Warte nur, bis man seine Bücher genau geprüft hat. Das dicke Ende wird schon noch kommen.«
Er behielt mit seiner Vermutung recht, denn die nächsten Tage brachten immer neue Hiobsbotschaften für die betrogenen Kunden der Bank. Schon bald hatte sich die unterschlagene Summe auf über eine Million Pfund erhöht, und noch immer war kein Ende abzusehen. Und von Billiter keine Spur! Am vierten Tag nach dem Zusammenbruch der Bank begab sich Anthony in die Wohnung des Bankiers. Er wurde von der Haushälterin, einer traurig aussehenden Frau, empfangen.
»Sind Sie von der Polizei?« war ihre erste Frage. »Oder vielleicht gar Reporter?«
»Weder das eine noch das andere«, beruhigte sie Anthony. »Ich gehöre zu den wenigen, die immer noch glauben, daß Mr. Billiter zu Unrecht beschuldigt wird. Ich bin der Meinung, daß ihm etwas zugestoßen sein muß.«
Er hatte am selben Morgen in der Zeitung einen Bericht gelesen, der von einem Journalisten nach einer Unterre-

dung mit der Haushälterin geschrieben worden war. Darin hatte sie die gleiche Vermutung geäußert, und Anthony hoffte, auf diese Weise ihr Vertrauen zu erlangen.
»Kommen Sie doch bitte herein«, sagte die Frau, und Anthony betrat ein luxuriöses Haus.
»Vielleicht können Sie mir mitteilen, wann Sie Mr. Billiter zum letztenmal gesehen haben?« begann Anthony.
»Am Abend vor seinem Verschwinden«, antwortete Mrs. Mudge, die Haushälterin. »Er verabschiedete sich wie immer mit einem Gutenachtgruß von mir. Am nächsten Morgen brachte ich ihm die gewohnte Tasse Tee in sein Schlafzimmer, und erst da bemerkte ich, daß das Zimmer leer und das Bett überhaupt nicht benutzt worden war. Ich dachte mir zunächst nichts dabei, denn es kam häufig vor, daß er am Freitagmorgen wegfuhr und erst am Montagabend zurückkehrte.«
»Seit wann pflegte er denn diese Reisen zu unternehmen?«
»Seit vielen Jahren.« Mrs. Mudge blickte sich um. »Hier geht irgend etwas Mysteriöses vor«, flüsterte sie. »Zum Beweis werde ich Ihnen etwas zeigen, was nicht einmal die Polizei zu sehen bekommen hat.« Sie stand auf und holte aus dem Schreibtisch einen Gegenstand, den sie Anthony gab. Es war ein Karton, der auf allen Seiten mit Bildern aus der Kinderzeit beklebt war.
»Die Polizei glaubt, daß sie klug sei, aber sie war doch nicht schlau genug, das hier zu finden.«
»Wo haben Sie den denn entdeckt?« wollte der Mixer wissen.
»In Mr. Billiters Schreibtischschublade, ganz hinten.« Sie öffnete den Karton. Da waren alle möglichen Dinge drin: Kinderklappern, Schnuller für Säuglinge, Schwesternhauben, wollene Babystrümpfe und vieles mehr. An allen Gegenständen klebte noch das Preisschild.
Das sind Muster, schoß es Anthony beim Anblick all dieser Sachen durch den Kopf.

»War Mr. Billiter mal verheiratet?« fragte er die Haushälterin.
»Nein, bestimmt nicht. Er hat oft gesagt, wie froh er sei, noch Junggeselle zu sein.«
»Merkwürdig! Diese Sachen sind ganz neu.«
Nirgendwo war der Name des Fabrikanten zu finden. Wahrscheinlich kamen die Gegenstände von verschiedenen Geschäften, denn die handgeschriebenen Preisschilder ähnelten einander nicht. Absolut nichts deutete beim weiteren Durchsuchen des Schreibtisches darauf hin, daß Mr. Billiter vielleicht Vater eines unehelichen Kindes war. Verwundert kehrte Anthony nach Hause zurück. Am nächsten Morgen suchte er in der Bank den Bücherrevisor auf. Die Unterredung verlief ergebnislos. Anthonys Frage, ob die Bank Fabriken von Babyausstattungen finanziert habe, wurde mit allem Nachdruck verneint.
»Meine Vermutung war falsch«, berichtete Anthony Paul, als er zurückkam.
»Sag mal, was wirst du, wenn du Billiter wirklich findest, mit dem Geld machen?«
»In diesem Fall werde ich es den Geschädigten zurückgeben. Diese Leute haben es am wenigsten verdient, ausgenommen zu werden.«
»Ich hoffe, daß du ihn schnappen wirst«, sagte Paul.
In den nächsten Tagen war Anthony meist mit Nachdenken beschäftigt. Hatte Billiter ein Doppelleben geführt? Besaß er irgendwo eine Familie, Frau und Kinder, ohne daß jemand in London eine Ahnung davon hatte? Die vielen Wochenendreisen schienen darauf hinzudeuten. Aber wozu brauchte er Babysachen in solchen Mengen?
»Du kannst sagen, was du willst«, meinte Paul, »ich glaube, daß er jetzt schon auf dem Weg nach Rio ist.«
»Und ich wiederhole: Er ist noch im Land. Ich habe sogar so eine Ahnung, daß mich diese Babysachen auf seine Spur führen werden.«
Bei einem weiteren Besuch bei Mrs. Mudge erfuhr er

noch, daß Mr. Billiter meist vom Victoria-Bahnhof abgefahren sei und den Zug nach Brighton benutzt habe. Dieser hatte ihr nämlich einmal erzählt, daß sein Zug bei Three Bridges aufgehalten worden war. Da Mrs. Mudge aus Horsham stammte, kannte sie diese Station. Mr. Josiah Billiter mußte sich also innerhalb des Dreiecks befinden, dessen eine Seite von Three Bridges, die zweite von Eastbourne und die dritte von Hove begrenzt war.
»Ein ziemlich großes Gebiet«, meinte Paul.
Auch die Polizei schien eine Theorie zu haben, die von Anthonys nicht allzuweit abwich. Man glaubte, daß Mr. Billiter irgendwo in England eine große Familie habe.
»Eins ist sicher«, sagte Anthony, »Billiter hat ein Doppelleben geführt.«
Die beiden nächsten Tage brachte er mit dem Durchforsten der Zeitungsarchive im Britischen Museum zu. Alle Notizen, die sich auf Wohltätigkeitsveranstaltungen für Kinder bezogen, wurden von ihm Zeile für Zeile überprüft. Endlich machte er eine Entdeckung.
Vor acht Jahren war, wie schon einige Male zuvor, von der Alfriston Baby Colony ein Appell an die Bevölkerung gerichtet worden, Geld zu spenden. Dabei wurde immer wieder der Name des Bankiers Billiter als eines der freigebigsten Spender genannt. Anthony eilte nach Hause, um Paul davon zu erzählen.
»Gar kein übler Gedanke«, meinte dieser. »Ein Kinderheim wäre wohl der letzte Ort, wo die Polizei Billiter suchen würde.«
Aber die Nachforschungen verliefen ergebnislos.
»Wir kriegen Ärger«, sagte Anthony am Abend zu Paul. »Während ich hinter Mr. Billiter her war, haben es einige gute alte Freunde auf mich abgesehen. Jemand muß uns verpfiffen haben, und mein Auto kennen sie offenbar auch. Ich bin den ganzen Nachmittag verfolgt worden.«
Anthony besaß einen großen grauen Sportwagen, der ihnen schon so manches Mal gute Dienste erwiesen hatte. Bisher glaubten sie, keiner wisse, daß er ihm gehörte.

»Ich werde wohl zukünftig auf ihn verzichten müssen«, sagte Anthony, »doch erst fahren wir noch damit in dieses Kinderheim.«
Ihr Weg führte sie durch Sussex. Dann ließen sie das kleine Städtchen Alfriston hinter sich. Kurz bevor sie das letzte Haus passierten, sah Anthony den Mann wieder, der ihn in London verfolgt hatte. Es mochte ein Zufall sein, daß auch er sich, in Begleitung eines anderen, wie er bemerkte, in Alfriston befand, doch so recht konnte Anthony an einen solchen Zufall nicht glauben.
Kurz hinter Alfriston sahen sie ein großes Ziegelgebäude, mit Türmchen und Zinnen im Tudorstil geschmückt. Rings herum waren gepflegte Gärten und Spielplätze. Eine junge Frau in Schwesterntracht meldete die beiden Besucher bei der Oberin an.
»Wir kennen Mr. Billiter nur dem Namen nach«, antwortete sie auf Anthonys Frage. »Er hat sich uns gegenüber sehr freigebig gezeigt, aber gesehen haben wir ihn hier nie.«
Das war zweifellos die Wahrheit. Anthony war ratlos.
»Wollen Sie das Kinderheim besichtigen?« fragte die Oberin.
»Ja, gerne. Wie viele Kinder haben Sie denn hier?« erkundigte sich Anthony.
»Dreißig, Sir.«
»Das ist also der einzige Schlafraum?« fragte er und deutete auf einen hellen Saal mit zahlreichen Betten.
»Ja.«
»Haben Sie denn oben keine Zimmer mehr?«
»O doch. Sie werden aber vom Personal bewohnt. Und von Mr. Worthington, unserem Direktor.«
»Kann ich ihn sprechen?«
»Ich glaube nicht«, antwortete die Oberin. »Er hat ein sehr ernstes Augenleiden und darf sich nicht dem Licht aussetzen. Er ist den ganzen Tag im dunklen Zimmer. Wollen Sie hier ein Kind unterbringen?«
»Ja«, sagte Anthony. »Mein Freund hier« – er zeigte auf

Paul – »hat ein Baby, das er gern in guten Händen wissen möchte.«
»Dann wird Mr. Worthington Sie wahrscheinlich doch empfangen«, erwiderte die Oberin und führte sie in den ersten Stock.
Das Zimmer, in dem Mr. Worthington die beiden Herren empfing, war völlig dunkel. Er selbst lag auf der Couch, was wohl mit seinem geschwächten Körperzustand zu erklären war. Seine Augen waren hinter dunklen Gläsern verborgen.
»Entschuldigen Sie, meine Herren, aber ich kann leider nicht aufstehen, um Sie zu begrüßen. Kann ich Ihnen irgendwie dienlich sein?«
»Ich möchte mit Ihnen etwas besprechen«, sagte Anthony und sah die Oberin an, woraufhin diese sich zurückzog.
»Nun, was wünschen Sie, mein Herr?«
»Sie wollten wissen, ob Sie mir irgendwie dienlich sein könnten, und ich möchte Ihnen diese Frage beantworten.« Anthony schwieg einen Augenblick, dann fuhr er fort: »Ich möchte Sie bitten, das Geld, das Sie aus Ihrer Bank entwendet haben, wieder zurückzugeben. Und ich möchte Sie außerdem bitten, das Geld, das Sie für dieses Kinderheim als Treuhänder verwalten, in andere Hände zu legen. Wenn Sie sich dazu bereit erklären, will ich Gnade vor Recht ergehen lassen und Ihnen vierundzwanzig Stunden Vorsprung geben, ehe ich die Polizei informiere.«
Sie sahen Mr. Worthington nun, da sich ihre Augen an die Dunkelheit gewöhnt hatten, deutlich vor sich. Sein Gesicht war zu einer häßlichen Grimasse verzogen.
»Ist das nicht ein etwas merkwürdiger Vorschlag?« fragte er leise. »Nehmen wir an . . .«
»Behalten Sie Ihre Hand oben, Mr. Billiter«, unterbrach ihn Anthony. »Werfen Sie einen Blick auf meine rechte Hand! Sehen Sie den Revolver? Gut, dann rate ich Ihnen, den Ihren dort zu lassen, wo er ist.«
Billiter brummte etwas vor sich hin.

»Einverstanden«, sagte er schließlich. »Gehen Sie hinunter, ich komme in ein paar Minuten nach.«
»Keine Tricks«, warnte der Mixer.
»Ich weiß, daß ich das Spiel verloren habe«, erwiderte Billiter. »Zwölf Monate lang habe ich die Sache geplant, bin hier dauernd mit dunkler Brille herumgelaufen, um die Leute an mein angebliches Augenleiden zu gewöhnen, und nun ... Sind Sie von der Polizei? Nein, das sind Sie nicht, sonst würden Sie mir keine Gelegenheit zum Entkommen geben. Wer sind Sie?«
»Einer der vierzig Räuber.«
Sie gingen nach unten und warteten auf Billiter. Sie warteten schon über eine Viertelstunde, als sie plötzlich das Geräusch eines davonfahrenden Autos hörten. Sie rannten hinaus und sahen gerade noch, wie ihr Sportwagen um die Ecke verschwand.
»Da hat er Pech gehabt«, sagte der Mixer seelenruhig. »Ich glaube nicht, daß er weiter als bis Alfriston kommen wird.«
»Warum denn nicht?« fragte Paul.
»Weil dort zwei Beamte von Scotland Yard auf ihn warten werden; das heißt, eigentlich auf mich. Doch sie werden sich auch Billiter nicht durch die Lappen gehen lassen. Los, machen wir, daß wir fortkommen, ehe die Luft noch dicker wird.«

Der spanische Gefangene

Es kam selten vor, daß der Mixer mit seinem Grundsatz brach, auf der Straße nicht über geschäftliche und auch keine anderen Dinge zu sprechen. Heute aber, an diesem schönen Sonntagnachmittag, blieb er auf seinem Spaziergang nach Barnet plötzlich stehen, und Paul, der ihn begleitete, mußte wohl oder übel seinem Beispiel folgen.

»Das dort wäre das richtige!« rief Anthony erfreut aus und zeigte auf ein altes Gebäude aus der Viktorianischen Zeit, das sich inmitten eines verwilderten Gartens befand. Das Haus stand an einer Straßenecke. An der Gartentür war einer der üblichen Vermietungszettel befestigt, auf dem auch der Name des Verwalters angegeben war.

»Ein scheußlicher Kasten«, entgegnete Paul. »Der Garten kommt mir vor wie ein Dschungel. Der Baumeister muß betrunken gewesen sein, als er den Plan für dieses Gebäude entwarf.«

Das Haus und seine Umgebung sahen wirklich übel aus. Es glich eher einem Gefängnis als einem Wohnhaus. Die Fenster des Erdgeschosses waren mit starken Eisengittern gesichert, was den traurigen Eindruck, den das Ganze machte, noch verstärkte.

»So ein Haus habe ich gesucht«, sagte Anthony enthusiastisch.

»Wozu?« fragte Paul. »Willst du eine Irrenanstalt eröffnen?«

Anthony lächelte verstohlen. »Du hast's auf Anhieb getroffen, Paul«, entgegnete er. »Das ist meine Absicht. Wie heißt es denn eigentlich?« Er warf einen Blick auf

den Zettel. »Depe Dene. Oh, wie schön.« Dann notierte er sich den Namen des Vermieters.
»Ich hab nur eine Bitte«, sagte Paul. »Wenn du den Kasten wirklich mieten willst, dann laß mich woanders wohnen.«
»Das kommt gar nicht in Frage«, erwiderte Anthony. Was er nun tatsächlich mit Depe Dene im Sinn hatte, erfuhr Paul auch auf dem Nachhauseweg nicht.
Am selben Abend traf Anthony im Café de Palais auf der Regent Street einen Herrn, den er während seiner Reisen in Spanien kennengelernt und mit dem er die Zusammenkunft schriftlich vereinbart hatte. Besagter Herr, Señor Maura, war der Chef einer Kriminalabteilung in Madrid und befand sich in London, um ein Auslieferungsverfahren zu betreiben. Diese Gelegenheit, seinen alten Bekannten Señor Smith wiederzusehen, ließ er sich nicht entgehen.
Während des Essens sprachen die beiden so grundverschiedenen Männer über alle möglichen Dinge. Maura war ein ausgezeichneter Unterhalter, der ständig eine reiche Auswahl von Anekdoten auf Lager hatte.
»Ich habe übrigens einen Brief von dem spanischen Gefangenen erhalten.«
»Dem spanischen Gefangenen?« wiederholte Maura. Und dann erschien ein Lächeln auf seinem Gesicht. »O ja, ich weiß, wen Sie meinen. Den Gentleman, der naiven Engländern Briefe schreibt, in denen er ihnen mitteilt, daß er angeblich wegen Raubes im Gefängnis und der Erlös des Raubes irgendwo vergraben sei. Wenn sie ihm nun eine bestimmte Summe Geldes – natürlich an eine Adresse außerhalb des Gefängnisses – schicken würden, würden sie an diesem Erlös partizipieren.«
»Ja, genau so einen Brief habe ich erhalten. Wer mag wohl hinter diesem uralten Schwindel stecken? Viel Geld kann doch dabei nicht rausspringen, denn solche Dummköpfe, die auf diesen Trick reinfallen, gibt es doch sicherlich kaum mehr.«

»Da täuschen Sie sich aber«, erwiderte Maura. »Die Malejala-Bande verdient Unsummen.«
»Bande? Ich habe bisher immer geglaubt, es handle sich um einen einzelnen.«
»Nein. Der Anführer ist ein gewisser Malejala, einer der klügsten Köpfe, der mir je untergekommen ist. Wir haben ihm trotz aller Verdachtsmomente bisher noch nicht das geringste nachweisen können, was eine Verhaftung rechtfertigen würde. Malejala ist zwar Spanier, wurde aber in England erzogen und spricht die Sprache dieses Landes wie ein Einheimischer. Sie haben ja gar keine Ahnung, wie viele Leute auf diese Briefe hereinfallen. Habsucht und Dummheit sind die besten Verbündeten für Leute wie Malejala und seine Bande.«
Anthonys Augen begannen zu leuchten. »Was fällt für mich ab, wenn ich diesem Malejala das Handwerk lege?«
Maura lachte. »Von der spanischen Regierung ist eine Belohnung von zwanzigtausend Peseten für denjenigen ausgesetzt, der die Beweise für Malejalas Schuld liefert. Bisher hat sich aber noch niemand gefunden, der sich das Geld hätte verdienen können. Und ich zweifle sehr daran, daß Sie in dieser Sache erfolgreich sein werden. Woher mag die Bande wohl Ihre Adresse haben?«
»Mir galt der Brief eigentlich gar nicht«, erklärte Anthony. »Ich habe ein Haus gemietet, das vor mir von einem anderen Herrn bewohnt worden war. Ihn hat man, als er schon ausgezogen war, mit diesem Schreiben beglückt, und der Brief wurde mir nur versehentlich zugestellt.«
»Ihr Vorgänger scheint einen in der Finanzwelt bekannten Namen gehabt zu haben«, sagte Maura. »Solche Herren werden nämlich von Malejala meist als Opfer ausgewählt. Er ist recht oft in London, und ich glaube, er hat sein ganzes Vermögen vorsichtshalber in England deponiert, so daß wir, auch wenn es uns gelänge, ihn zu verurteilen, in bezug auf die Beute doch das Nachsehen haben würden.«

Anthony hatte nicht mehr von Depe Dene gesprochen, und so glaubte Paul, er habe es sich doch anders überlegt. Um so unangenehmer war er überrascht, als ihm sein Freund am nächsten Tag den Mietvertrag unterschrieben vorlegte.
»Ich mußte die Miete für ein ganzes Jahr zahlen«, berichtete Anthony.
Paul seufzte. »War es denn wirklich notwendig? Du weißt doch, was für einen Widerwillen ich gegen diesen Kasten habe, und . . .«
»Wenn du aufhörst zu jammern«, unterbrach ihn Anthony, »erzähle ich dir, was ich vorhabe.«

Señor Malejala bewohnte in Madrid ein luxuriös eingerichtetes Haus und fuhr einen Luxuswagen. Wenn er auch nicht in den höchsten Kreisen Einlaß gefunden hatte, so war er doch in den besseren angesehen und willkommen. Die Oper und die Rennbahn zählten ihn zu ihren Stammbesuchern. Und obwohl er wußte, daß die Madrider Polizei an allem, was er tat, äußerst interessiert war, schlief er jede Nacht den traumlosen Schlaf des Gerechten, frei von Sorgen und Reue.
Seine geschäftlichen Angelegenheiten erledigte er in einem kleinen Büroraum, an dessen Tür sein Name mit dem Zusatz »Kork en gros« stand. Die geheimnisvollen Besucher, die bei Malejala vorzusprechen pflegten, sahen jedoch nicht danach aus, als ob sie sich für die Produkte der Korkeiche besonders interessierten.
Ein solcher kam an einem schwülen Junimorgen. Nachdem Malejala sich vergewissert hatte, daß sie nicht belauscht wurden, fragte er seinen Besucher, was er für ihn habe, und dieser zog drei Briefe aus dem Futter seiner Mütze. Malejala öffnete den mit dem Absender »Depe Dene, Finchley, London« und begann zu lesen.

Sehr geehrter Herr! Ich habe Ihre zu Herzen gehenden Klagen gelesen und wäre nicht abgeneigt, Ihnen zu den genannten Bedingungen einige tausend Pfund zu geben. Die einzigen Zweifel, die ich noch habe und die mich daran hindern, Ihnen schon heute eine endgültige Zusage zu erteilen, sind darin begründet, ob es nicht den göttlichen und menschlichen Gesetzen widerspricht, am Erlös von Gestohlenem zu partizipieren.

Malejala lächelte verächtlich. Er kannte diese Logik, mit der die Habsucht die eigenen Taten vor dem Gewissen entschuldigen will.

Leider habe ich selbst kein Scheckbuch, da mir mein Onkel, Oberst Sunning, jede Verfügung über mein Vermögen entzogen hat. Ich habe vor einigen Jahren sehr viel Geld geerbt, doch das befindet sich auf der Bank. Mein Onkel, in dessen Haus ich wohne, hält mich so gut wie gefangen, verbietet mir jeden Ausgang, weil er mich zwingen will, seinen Sohn Felix zu heiraten. Ich hasse Felix aber und werde meinem Onkel diesen Wunsch niemals erfüllen. Oh, Señor, wie sehne ich mich nach Freiheit! Mein Onkel drohte mir, er würde mich, wenn ich seinen Sohn nicht heirate, in eine Irrenanstalt bringen lassen. Ich habe dem Diener, der mich bewacht, viel Geld versprochen, wenn er mich nur ein einziges Mal aus dem Haus ließe. Alles vergeblich. Er hat vor meinem Onkel zuviel Angst und wagt nicht, sich seinen strengen Befehlen zu widersetzen. Mein Vorschlag ist nun, daß Sie versuchen, mir einen Scheck zukommen zu lassen. Ich könnte ihn unterschreiben und Ihnen damit die Summe, die Sie für Ihre Pläne benötigen, zur Verfügung stellen. Mein Name wird Ihnen nicht unbekannt sein. Ich bin die Universalerbin Sir Veille Mortimers, der vor zwei Jahren in Indien starb. Ihre ergebene Mary Mortimer.

Señor Malejala lächelte und las den Brief nochmals. Er

war ein gewissenhafter, methodisch vorgehender Mensch. Und so blätterte er, ehe er einen Entschluß faßte, die Zeitungen durch, die er einem Archiv mit der Aufschrift »England« entnahm. Bald hatte er die Berichte gefunden, die den Tod Sir Veille Mortimers betrafen. Er vergewisserte sich noch, daß wirklich eine Miss Mary Mortimer Universalerbin des enormen Vermögens von Sir Veille geworden war, und nahm dann die Sache in Angriff.

Beim zweiten Lesen des Briefes hatte er noch eine Nachschrift entdeckt, die er vorher übersehen hatte.

»PS: Mein Vermögen liegt auf der Bank von England.«

Einen Scheck dieser Bank zu erhalten, war für Malejala ein leichtes. Er konnte Scheckbücher jeder Bank, sei es in England oder sonstwo, beschaffen.

Zwei Tage später verließ er Madrid und traf am Samstag morgen in London ein.

Auf dem Piccadilly begegnete er seinem Landsmann, Señor Maura, der ihn freundlich begrüßte.

»Buenos dias, Señor Malejala. Was machen Sie denn in London?«

»Ich besuche einige Freunde«, erwiderte Malejala ebenso liebenswürdig. »Es ist mir wirklich ein besonderes Vergnügen, Sie hier zu sehen. Die Verbrecher in Madrid werden sich freuen, da sie nun in Ihrer Abwesenheit freie Hand haben.«

»Alle sind ja nicht mehr in Madrid«, sagte Maura mit einem anzüglichen Lächeln.

Malejala zuckte mit den Schultern. »Es wäre wirklich ein Verlust für das spanische Volk, wenn Sie ihm durch einen ›Unglücksfall‹ entrissen würden, Señor Maura. Ich sende täglich meine Gebete zur heiligen Mutter Gottes, daß nicht ich die Ursache der Trauer Spaniens sein möge.«

Maura lächelte. »Und ich bete, daß ich nicht Zeuge sein möge, wenn Sie durch die Garrotte hingerichtet werden.«

Mit diesen gegenseitigen Freundlichkeiten trennten sich

die beiden Herren. Malejala machte sich auf den Weg nach Finchley. Depe Dene fand er ohne große Schwierigkeiten. Langsam spazierte er vor dem Haus auf und ab, als plötzlich hinter einem der Fenster des obersten Stockwerks eine weibliche Gestalt auftauchte. Er winkte ihr freudig zu, woraufhin sie sofort vom Fenster zurückwich. Malejala beschloß, den Stier bei den Hörnern zu packen. Ohne zu zögern, öffnete er die Gartentür, ging gemächlich zur Haustür und klingelte. Ein finster dreinblickender Diener öffnete.
»Wohnt hier Oberst Sunning?« fragte Malejala.
»Ja, Sir.«
»Ist er zu Hause?«
»Nein. Er ist nach Newmarket gefahren, Sir.«
Malejala steckte dem Diener eine Fünfpfundnote zu.
»Ich möchte gern Miss Mortimer begrüßen.«
Der Diener schüttelte den Kopf. »Sie können leider nicht zu ihr. Miss Mortimer fühlt sich nicht wohl. Sind Sie von der Bank von England, Sir?«
»Nein. Wie kommen Sie darauf?«
Der Diener trat verlegen von einem Fuß auf den andern. »Ich will offen sein, Sir«, sagte er schließlich. »Miss Mortimer hat dem Oberst mitgeteilt, daß sie die Bank schriftlich um ein neues Scheckbuch gebeten habe, und genau das hat der Oberst einige Tage zuvor auch getan. Ich vermutete nun, daß die Bank stutzig wurde und nun wissen will, was es mit dieser doppelten Bestellung auf sich hat.«
Señor Malejala wollte gerade auf seinen Wunsch, die junge Dame zu sprechen, zurückkommen, als er hinter dem Diener eine weibliche Gestalt auftauchen sah. Dieser hatte die sich nähernden Schritte gehört und drehte sich um.
»Sie dürfen nicht herunter, Miss Mortimer«, rief er. »Der Oberst hat es strengstens verboten. Entschuldigen Sie mich, Sir«, wandte er sich an den Besucher, schob ihn aus der Tür und schlug sie ihm vor der Nase zu.

Sie hat also die Wahrheit berichtet, dachte Malejala, und seine dunklen Augen leuchteten auf.
Er suchte sich einen Platz, von wo aus er das Haus beobachten konnte. Gegen Abend hielt ein Auto davor. Ein älterer Herr stieg aus und schritt langsam, einen Stock als Stütze benutzend, den Gartenweg zur Haustür hinauf. Mit ihm, so folgerte Malejala, befanden sich nun zwei Männer im Haus: der Diener, klapprig und alt, und ein nicht weniger gebrechlicher pensionierter Offizier, der einen Stock zum Gehen brauchte. Es würde leicht sein, mit diesen beiden fertig zu werden.
Malejala fuhr zurück nach London, um einen seiner Männer zu holen.
Mit Hilfe eines Dietrichs, bewaffnet mit einem Revolver, drangen die beiden Spanier in den Garten ein; dort ließ Malejala den Landsmann als Wächter zurück und ging auf das Haus zu.
Im zweiten Stock drang aus einem Fenster ein Lichtschein, und Malejala glaubte hinter den schützenden Gittern die Silhouette einer weiblichen Gestalt zu sehen.
Durch die Haustür würde das Eindringen, wie er glaubte, am leichtesten sein. Er hatte, während er mit dem Diener sprach, seine Augen offengehalten und wußte, daß kein Riegel, sondern nur ein einfaches Schloß die Tür sicherte. Er brauchte genau fünf Minuten, um das altertümliche Schloß zu öffnen. Es war nicht das erstemal, daß er auf diese Weise in ein Haus gelangte. Früher war Einbrechen sein Beruf gewesen. Ohne ein Geräusch zu machen, betrat er das Haus. Der Lichtstrahl seiner Taschenlampe leuchtete jeden Winkel des Vorraumes ab. Erst als er sich überzeugt hatte, daß niemand erwacht war, stieg er langsam und vorsichtig die Stufen zum zweiten Stock hinauf.
Er war Junggeselle, aber kein Gegner der Ehe. Und so sah er sich schon vor seinem geistigen Auge als der Gatte von Mary Mortimer, der mehrfachen Millionärin. Er würde nicht nur ihr Geld, sondern auch sie bekommen.

Endlich hatte er die Tür erreicht, hinter der er Miss Mortimer vermutete. Leise, nur für sie hörbar, klopfte er an die Tür.
»Miss Mortimer!« flüsterte er.
»Wer ist da?«
»Ihr spanischer Freund!«
Die Tür öffnete sich, und er fuhr zurück. War das nicht der Geruch von Zigarettenrauch? War sie es, die geraucht hatte?
Mutig trat er ein. Zu seinem Erstaunen befand sich in dem Zimmer nicht ein einziges Möbelstück. Es war völlig leer. Und auch die Erbin war nicht allein. Auf einem Stuhl am Fenster saß der Diener, der ihm heute morgen die Tür geöffnet und nun auf seinem Knie einen Revolver liegen hatte.
»W-a-s?« stotterte der überraschte Eindringling.
»Hände hoch, Malejala!« befahl die Dame mit einer gar nicht weiblichen Stimme. »Gott sei Dank, daß ich jetzt meine Perücke abnehmen kann.«
Malejala starrte ungläubig auf »Miss Mortimer«, als sie nun ihre Perücke absetzte und sich als ein recht hübscher junger Mann entpuppte. Die Tür öffnete sich, und der Oberst trat ein. Aber auch er war nicht mehr der gebrechliche Mann, als den ihn Malejala am Abend gesehen hatte. Nur an seinen Kleidern erkannte er ihn noch.
»Das war's dann, Señor Malejala«, sagte der »Oberst«.
»Was soll das heißen? Wer sind Sie?«
»Was das heißen soll? Nun, daß Sie jetzt wirklich das sind, was Sie so häufig zu sein vorgaben: ein spanischer Gefangener.«
Es dauerte eine ganze Weile, ehe sich Malejala so weit beruhigt hatte, daß man mit ihm die Sachlage besprechen konnte.
»Dieses Haus unversehrt zu verlassen, kostet Sie sechstausend Pfund«, sagte der Mixer.
»Und wenn ich Ihnen das Geld nicht gebe?«
»Dann werden wir Sie schön ordentlich im Garten begra-

ben – nachdem wir Sie erschossen haben, natürlich. Oder wir können Sie auch, wenn Ihnen das lieber ist, Señor Maura übergeben, der sich gerade in London befindet.«

»Sie haben nichts gegen mich in der Hand.«

»Brauch ich auch nicht. Los, wo haben Sie Ihr Scheckbuch? Zahlen Sie, und lächeln Sie dabei!«

»Ich habe keins«, knurrte Malejala.

»Auch für diesen Fall habe ich vorgesorgt«, sagte der Mixer lächelnd. »Hier haben Sie einen Scheck der Lothbury Filiale der London, Leicester & Norfolk Bank. Wie ich mich überzeugt habe, wird dort ein Konto für Sie geführt. Ich weiß sogar, wieviel drauf ist. Wollen Sie es auch wissen? Achttausenddreihundert Pfund.«

»Der Teufel soll Sie und mich holen, wenn ich Ihnen einen Scheck gebe!«

»Nur Sie, nicht mich!«

Schließlich gab Señor Malejala nach.

»Kommen Sie ja nie nach Spanien«, drohte er, ehe er das Haus verließ, und seine Augen verrieten, daß er es mit dieser Warnung ernst meinte.

»Warum denn nicht? Spanien ist ein sehr schönes Land!«

»Das werden Sie schon merken!«

Der Mixer lachte. »Ihre freundliche Warnung verdient eine Gegenleistung. Ich möchte Ihnen gleichfalls einen Rat geben: Kehren auch Sie nie nach Spanien zurück.«

Er wußte, daß Malejala seinen Rat nicht befolgen würde. Und so war er auch nicht verwundert, als er erfuhr, daß dieser bei seiner Rückkehr nach Spanien verhaftet und verurteilt worden war. Maura hatte Malejalas Drohung bei dem Zusammentreffen auf dem Piccadilly doch ernster genommen, als dieser dachte. An der spanischen Grenze war Malejala von Guardia-Civil-Beamten durchsucht worden. Man fand in seiner Tasche einige hervorragend gefälschte Banknoten, die sich vor der Durchsuchung zwar nicht dort befunden hatten, aber völlig genügten, um ihn für fünfzehn Jahre ins Gefängnis von Ceuta zu bringen.

Die Kronjuwelen

Sandy hatte Paul einst anvertraut, er sei überzeugt, daß sich Anthony, wenn er ständig auf seinem Anwesen in Windsor wäre, binnen drei Wochen langweilen und es verkaufen würde.

»Ich war mit ihm im Krieg, ich muß es schließlich wissen«, hatte er gesagt. »Der verwegenste Teufelskerl, den man sich nur vorstellen kann« – und in vieler Hinsicht hatte er damit den Nagel auf den Kopf getroffen.

Anthony hatte, was mehr als erstaunlich war, eine tiefe Zuneigung zu Depe Dene, einem verfallenen alten Herrenhaus, gefaßt, das er nur deswegen erworben hatte, um einen spanischen Hasardeur um seinen Besitz zu bringen. Er hatte annähernd fünfzehnhundert Pfund für die Instandsetzung und Inneneinrichtung ausgegeben, Gärtner beschäftigt, um den Wildwuchs zu beseitigen, der das Anwesen überwucherte, und sich mit allen Anzeichen der Zufriedenheit in seinem neuerworbenen Domizil niedergelassen.

Sandy und Paul waren ihm gefolgt, wenn auch unter stillschweigendem Protest. Dann aber waren sie doch überrascht gewesen, als sie sahen, was Maler, Tapezierer, Stukkateure und Teppichleger aus dem einst so reizlosen Landsitz gemacht hatten.

Depe Dene lag an der Peripherie von London, und seine Fenster im oberen Stockwerk boten einen Blick über das offene, weite Land. Nur wenige herrschaftliche Häuser säumten die Straße. Depe Dene war auf einem Eckgrundstück erbaut; die Anwesen auf der gegenüberliegenden Seite waren größer, ja sie erstreckten sich bis zu den

Grenzen einer weitläufigen Weidefläche, die der Besitzer von Shanford erst kürzlich erworben hatte.
Anthony teilte diese Neuigkeit Paul mit, der nicht recht begriff, warum die Tatsache, daß ihr Nachbar den Grund gekauft hatte, für sie von Bedeutung sein sollte.
»Zu meinem Leidwesen muß ich dir sagen, daß du ein richtiger Spießbürger zu werden drohst«, erklärte er.
»Ich bin der Ansicht, es ist die Pflicht eines jeden guten Bürgers, sich für seine Nachbarn zu interessieren«, erwiderte Anthony mit tugendhafter Miene. »Und außerdem mag ich Dr. van Zile.«
»Ist das sein Name?«
»Das ist sein Name und sein Titel. Er ist Arzt, praktiziert aber nicht, sondern steht über den Bedürfnissen und Notrufen der leidenden Menschheit.«
»Womit du sagen willst, finanziell auf einer höheren Ebene?«
»Genau.«
»Er ist Holländer, vermute ich.«
»Nur weiter mit deinen Vermutungen. Tatsächlich ist er Deutscher. Sein richtiger Name ist von Zolle. Aber da er in einem kleinen Dorf unweit der holländischen Grenze geboren wurde, war es wohl nicht schwer, die britischen Behörden von seiner holländischen Staatsangehörigkeit zu überzeugen. Ein höchst interessanter Mann, und, wie ich schon berichtete, er hat diese riesige Weide gekauft.«
»Das finde ich nicht sonderlich aufregend«, erwiderte Paul und griff nach einem Buch.
»Nun gut«, sagte Anthony geduldig, »dann werde ich dir noch etwas erzählen. Er hat ein Starkstromkabel von der Hauptleitung am Ende der Straße bis zu seinem Haus verlegen lassen.«
»Das bedeutet wahrscheinlich nur, daß er sich elektrische Heizstrahler anzuschaffen gedenkt.«
»Also, auch das macht noch keinen Eindruck auf dich. Nun, dann werde ich fortfahren müssen. Er hat einen großen Suchscheinwerfer gekauft. Ich habe mit eigenen

Augen gesehen, wie das Gerät heute morgen in den Garten getragen wurde.«

»Ein Deutscher, der während des Kriegs einen Suchscheinwerfer ersteht, wäre sicher ungeheuer interessant gewesen«, sagte Paul. »Aber da der Krieg ein für allemal vorbei ist, sehe ich nicht recht, was daran so spannend sein soll.«

»Nun gut, dann werde ich dir noch weitere Einzelheiten berichten. Er hat sechs Preisboxer eingestellt, die auf seinem Grundstück patrouillieren; sie besitzen zwar nur geringe Geistesgaben, dafür aber ungeheure Körperkraft. Wenn du ihre Namen wissen möchtest, kann ich sie dir nennen.« Er holte ein kleines Notizbuch aus seiner Tasche und öffnete es. »Kid Magee, Bill Soltz, Johnny Fly of Lambeth . . .«

Endlich regte sich Pauls Interesse. »Warum läßt er diese Leute seinen Besitz bewachen?«

»Aha«, rief Anthony triumphierend aus. »Nun habe ich es doch noch geschafft, den Panzer deiner Gleichgültigkeit zu durchdringen! Ja, warum? Wie lautet die Antwort?«

»Sag du sie mir.«

»Das kann ich nicht, weil ich sie nicht weiß«, erwiderte Anthony. »Es kommt mir nur merkwürdig vor, wenn man alles kombiniert: ein Suchscheinwerfer, der Kauf einer großen Parzelle Weideland, die Einstellung dieser Muskelmänner – stattliche Burschen übrigens. Sie wurden sehr sorgfältig ausgewählt. Alle haben eine absolut weiße Weste und waren ehrliche Kämpfer. Selbst wenn er im ganzen Land umhergereist wäre, um nach Männern Ausschau zu halten, auf die er sich vorbehaltlos verlassen kann, hätte er keine finden können, die seines Vertrauens würdiger gewesen wären. Ich beabsichtige, dem Herrn Doktor einen Besuch abzustatten, denn ich habe das Gefühl, daß diese Bekanntschaft sowohl gewinnbringend als auch unterhaltsam sein könnte. Und davon abgesehen, ist es meine Pflicht als guter Bürger, bei meinem Nachbarn nach dem Rechten zu schauen und seinen

Geheimnissen auf die Spur zu kommen. Ich möchte zu gerne wissen, wovor er Angst hat.«
Sein Besuch fand unter Umständen statt, die man nicht gerade als günstig bezeichnen konnte. Es regnete wie aus Eimern, als er die Weide überquerte und an der Haustür des Doktors läutete. Der vierschrötige Mann, der auf sein Klingeln hin erschien, war schroff, beinahe schon unverschämt. Der Doktor wünsche niemanden zu sprechen. Während er das sagte, drang die Stimme des Doktors klar zu Anthony vor. Er schien äußerst gereizt zu sein. Anthony hörte, wie er polternd in einem der Räume umherging und dabei Worte in einer ihm fremden Sprache ausstieß.
Der Mixer kehrte unverrichteter Dinge, aber mit einigem Stoff zum Nachdenken nach Depe Dene zurück.
»Der Doktor befindet sich in einer teuflischen Stimmung«, berichtete er Paul. »Und soweit ich den Herrn kenne, war das ein ungewöhnlicher Auftritt. In der Regel ist er der zuvorkommendste, liebenswürdigste Mensch, den man sich nur vorstellen kann.«
»Ist seine Leibwache schon eingetroffen?« fragte Paul neugierig.
»Ich glaube, ja. Ich habe da recht seltsame Hüte in der Empfangshalle hängen sehen.«
Einige der seltsamen Hutbesitzer bekam er später zu Gesicht; sie streiften paarweise durch den Park des Doktors, denn der Regen hatte aufgehört.
»Ich frage mich, was zum Teufel da vor sich gehen mag?« Anthony zog sich in sein Zimmer im oberen Stockwerk zurück, und Paul hörte, wie er ruhelos umherlief.
»Es ist merkwürdig«, sagte Paul, als sein Freund wieder herunterkam.
»Natürlich ist es merkwürdig. Da haben wir einen unbeschwerten holländischen Doktor, der allem Anschein nach keine Feinde besitzt, der, wie es heißt, während des Kriegs sogar mit den Alliierten sympathisiert haben soll, und dieser Mann stellt aus keinem für uns ersichtlichen

Grund Leibwächter ein, schafft sich einen teuren Suchscheinwerfer an ...«
»Und kauft ein Stück Weideland«, ergänzte Paul.
»Hm!« machte Anthony und verschwand wieder in seinem Refugium, um dort ungestört nachzudenken.
»Was Anthony gemacht hätte, wenn dieser Mann auf die Idee gekommen wäre, sein Haus streichen zu lassen, weiß allein der Himmel«, sagte Sandy, als er hereinkam, um nach dem Feuer im Kamin zu sehen.
In dieser Nacht stieß der Mixer auf die Lösung eines der Rätsel, als er am offenen Fenster seines Schlafzimmers saß, das ihm einen Blick auf das Haus des Doktors gewährte. Er hatte eine Stunde auf seinem Wachposten ausgeharrt und trug sich gerade mit dem Gedanken, schlafen zu gehen, als er ein Klappern und Zischen vernahm; sofort danach blitzte auf der gegenüberliegenden Seite des Hauses ein weißer Lichtstrahl auf, drang in den Nachthimmel und erhellte die tiefhängenden Wolken.
Der Suchscheinwerfer, dachte Anthony.
Und dann begann das Licht zu flackern. Punkt – Punkt – Punkt – Strich; und noch einmal: Punkt – Punkt – Punkt – Strich. Sie gaben Morsezeichen. Aber wem? In einer solchen Nacht befanden sich für gewöhnlich keine Flugzeuge in der Luft, und warum sollten sie überhaupt morsen? Er eilte zur Tür und rief zu Paul hinunter, er möge in sein Zimmer kommen.
»Was hältst du davon?«
»Du meine Güte, er übermittelt eine Nachricht!« rief Paul aus. »Aber wem?«
»Nun, ein Flugzeug ist es wohl nicht; sieh mal, wie der Wind die Wolken treibt.« Er deutete auf einen Fleck, der vom Scheinwerferlicht angestrahlt wurde.
»Für mich schaut es so aus, als übten sie«, sagte Paul, und genau in diesem Augenblick erlosch der Suchscheinwerfer.
Der nächste Tag brachte keine weiteren Aufschlüsse, außer daß ein Diener des Doktors Sandy mitteilte, sein

Herr führe ein wissenschaftliches Experiment durch, um Einsteins Refraktionstheorie auf ihre Richtigkeit hin zu überprüfen.
»Die Erklärung war allzu glatt, findest du nicht?« sagte Anthony, als dieser ihm davon berichtete. »Ein Diener kennt sich für gewöhnlich nicht so gut mit den Fachwörtern für wissenschaftliche Experimente aus.«
Anthony harrte bis ein Uhr nachts auf seinem Beobachtungsposten aus, aber es gab kein Anzeichen für weitere »wissenschaftliche Experimente«. Das Haus war dunkel und der Suchscheinwerfer ausgeschaltet. Schließlich ging er zu Bett. Doch kaum hatte er die Augen geschlossen, da ertönte ein Dröhnen, das mehr und mehr anschwoll, bis es wie das Surren einer wütenden Biene in seinen Ohren widerhallte. Er sprang aus dem Bett und lief zum Fenster, gerade noch rechtzeitig, um das letzte Flackern des Suchscheinwerfers zu erhaschen, bevor er erlosch. Und in diesem Lichtschein gewahrte er einen großen Vogel mit weißen Schwingen, der sanft aus dem Himmel hinabschwebte und sich auf der Weide hinter dem Haus des Doktors niederließ.
Anthony stürzte in Pauls Zimmer und rüttelte ihn. »Wach auf, Paul, das Rätsel ist gelöst.«
»Was ist denn?« fragte Paul schlaftrunken.
»Ein Flugzeug ist gelandet. Eines, das der Doktor erwartet hat. Siehst du jetzt, was dahintersteckt? Er wußte, daß die Maschine in der Nacht kommen würde, und der Suchscheinwerfer sollte ihr den Landeplatz anzeigen. Zuerst hat er Morsezeichen gegeben und dann vermutlich die Weide angestrahlt, damit der Pilot sicher landen kann. Ich werde mich jetzt anziehen. Schlaf nicht wieder ein, denn ich habe dir wahrscheinlich etwas zu erzählen, wenn ich zurückkomme.«
Fünf Minuten später rannte er die Straße hinunter, die parallel zur Weide verlief. Kein Zweifel, inmitten des freien Feldes stand ein Flugzeug, und er konnte eine oder zwei dunkle Gestalten ausmachen, die sich der Maschine

näherten, und zwei weitere, die auf das Haus des Doktors zugingen. Eine war der Doktor, das erkannte er am Gang. Die andere Person hatte er nie zuvor gesehen. Dieser Mann trug eine schwere Tasche, und die beiden sprachen miteinander.
Anthony schlüpfte durch die Hecke und schlich geduckt über die Weide bis zu einem Punkt, an dem die beiden, der Mann mit der Tasche und der Doktor, vorüberkommen mußten.
Er lag ausgestreckt auf dem Rasen, nicht einmal einen Meter entfernt von der Stelle, an der sie vorbeigingen. Die Tasche war offensichtlich schwer, denn der Doktor fragte auf deutsch, ob er helfen könne, und erhielt ein schroffes Nein zur Antwort.
Und nun vernahm Anthony etwas, das ein erhellendes Licht auf die mysteriöse Angelegenheit warf. Es war das Wort »Hoheit«, und Dr. van Ziles unterwürfige Haltung lieferte das fehlende Bindeglied.
Eine Hoheit! Ein deutscher Prinz in England! Was machte er hier? Und was befand sich in jener ominösen Tasche, die er unbedingt alleine tragen wollte und deshalb jede Hilfe abgelehnt hatte? Anthony kroch auf allen vieren über die Weide und schlich geduckt ins Haus zurück.
»Ich hab's«, verkündete er, als er Pauls Schlafzimmer betrat. »Der Fall liegt klar auf der Hand. Jetzt verstehe ich, was das alles zu bedeuten hat, die Weide, der Suchscheinwerfer und die Wachmänner. Dr. van Zile spielt den Mittelsmann für irgend jemanden in Deutschland, und dieser Jemand ist vermutlich ein Prinz oder hoher Adliger, der in Kontakt zu einem Mitglied der ehemals regierenden Herrscherhäuser steht. Genau in diesem Augenblick bieten die deutschen Behörden alles auf, um die königliche Familie daran zu hindern, ihr Geld oder ihre Juwelen außer Landes zu bringen. Sie haben ein Sonderkommando an den Grenzen postiert, um das Gepäck aller Ausreisenden besonders gründlich zu durchsuchen. Dieser Mann, der soeben angekommen ist, muß ein Prinz

oder Fürst sein, und er hat eine Menge Gold- und Silberbarren mitgebracht«, erklärte er mit Nachdruck.
»Daher die Preisboxer«, sagte Paul nickend. »Das Zeug muß ziemlich wertvoll sein.«
»Und ich werde es mir holen«, murmelte der Mixer mit zusammengebissenen Zähnen. »Denn nichts würde mir mehr Freude machen, als diesen unsäglichen Boche um seine bewegliche Habe zu erleichtern. Paul, ich betrachte das nicht nur als eine selbstauferlegte Verpflichtung, sondern geradezu als heilige Pflicht gegenüber unserem Vaterland. So oft ist in den Zeitungen die Rede davon, man habe noch eine Rechnung mit Deutschland zu begleichen, aber es wäre mir nie in den Sinn gekommen, daß ich das Instrument dazu sein könnte.«
»Was willst du gegen sechs Preisboxer ausrichten?«
»Wenn man einen Widerstand nicht überwinden kann, muß man ihn unterlaufen«, antwortete der Mixer, und das war alles, was für den Moment aus ihm herauszubringen war. Es ist aber auch möglich, daß er den Plan, den er schließlich ausführte, noch gar nicht klar vor Augen hatte.
Bis fünf Uhr morgens entwickelte und verwarf Anthony Strategien, und sein Gehirn arbeitete auf Hochtouren. Er könnte die Polizei informieren, doch die hatte mit Sicherheit keine ausreichenden Befugnisse, um einzuschreiten. Vermutlich konnte sie den Mann nicht einmal festnehmen, weil er ohne Paß eingereist war, denn wahrscheinlich verfügte er über mehrere Pässe. Es gab kein Gesetz, das die Einreise mit einem Privatflugzeug verbot, wenn seine Kennung und die üblichen Meldungen durchgegeben worden waren, und Anthony war überzeugt, daß van Zile alle dafür nötigen Vorkehrungen im voraus getroffen hatte.
Am nächsten Tag war weder eine Spur vom Doktor noch von seinem Besucher zu entdecken. Das Flugzeug stand noch immer mitten auf der Weide, aber kein Mechaniker war in der Nähe, und seine Ankunft schien auch nicht

das Interesse der kleinen Jungen in der Nachbarschaft zu wecken, die zu viele Flugzeuge gesehen und gehört hatten, als daß sie bei dem Anblick aus dem Häuschen gerieten.

Der Tag verging, und ein weiterer kam, ohne daß sie ein Lebenszeichen von sich gaben. Die Wachmänner befanden sich noch immer im Haus oder machten auf dem Anwesen die Runde. An diesem Abend trat das Flugzeug die Heimreise an; wenn die Polizei von seiner Ankunft gewußt hatte, was zu vermuten war, dann war nichts Ungesetzliches an seinem Erscheinen, und die Papiere waren in Ordnung.

»Eines kann ich nicht verstehen«, sagte Anthony. »Warum lassen sie das Zeug im Haus? Falls der Prinz oder Fürst beabsichtigt, sich in diesem Land niederzulassen, warum bringt er sein Eigentum dann nicht unverzüglich zur Bank? Dort kennt man keine politischen Vorbehalte.«

Er beobachtete das Grundstück durch ein Fernglas und ließ es den ganzen Tag nicht aus dem Auge. Gegen Abend tat sich etwas Merkwürdiges, was möglicherweise von Bedeutung sein konnte. Vier der Wachmänner schlenderten gerade durch den Garten, als sich ihnen zwei ihrer Kumpane vom Haus her näherten.

Obwohl es warm war, trugen sie Mäntel, und diese waren brandneu, denn die vier anderen Männer traten hinzu, um sie zu bewundern. Einer der Neuankömmlinge trug eine Kappe, und sie sah aus, als sei sie auch gerade erst erstanden worden. Doch Anthony konnte sich noch keinen Reim darauf machen, bis einer von ihnen im Haus verschwand und mit einem ebenfalls neuen Koffer zurückkehrte. In diesem Moment war ihm alles klar.

»Diese beiden Kerle werden demnächst eine Schiffsreise machen«, sagte er zu Paul, »und zu diesem Zweck haben sie sich ausstaffiert. Und eitel, wie sie sind, haben sie ihren Kameraden da draußen gezeigt, wie phantastisch sie aussehen.«

Er suchte und fand eine Ausgabe der Morgenzeitung und

schlug die Seiten mit den Informationen der Reedereien auf.
»Die *Aquitania* legt in zwei Tagen ab; sie fährt nach New York. Ich wette, das ist das Schiff.«
Innerhalb einer Minute war er am Telefon und mit dem Büro eines Schiffsagenten im westlichen Teil Londons verbunden.
»Hat Dr. van Zile eine Passage nach Amerika gebucht?« erkundigte er sich, und nach einer Weile erhielt er die Antwort.
»Zwei Kabinen und drei Betten.«
Er legte den Hörer mit einem triumphierenden Lächeln auf die Gabel zurück.
»Da haben wir's ja. Zwei der Männer schlafen in einer Kabine, und der geheimnisvolle Fremde in der anderen. Wie bringen wir also die Kronjuwelen in unseren Besitz?«
»Woher willst du wissen, daß es sich um Juwelen handelt?«
»Zum einen sind sie schwer. Und obwohl ich vermute, daß die Tasche außerdem eine Menge Bares enthält, könnte ich mir vorstellen, daß die Juwelen den kostbarsten Teil des Inhalts darstellen.«
»Warum versuchen wir es nicht mit dem Verhaftungstrick? Schnappen sie uns kurz vor der Abfahrt!«
Anthony schüttelte den Kopf. »Van Zile wird mit Sicherheit dort sein, und er würde mich hundertprozentig erkennen. Nein, das funktioniert nicht.«
Er fuhr in die Stadt, um sich die telefonische Auskunft bestätigen zu lassen. Außerdem wollte er die Lage der Kabine ausfindig machen, die der Fremde bewohnen würde.
»Mr. van Zile?« sagte der Angestellte und schüttelte den Kopf. »Nein, er reist nicht auf der *Aquitania*.«
»Aber Sie haben mir doch gesagt, daß er gebucht hat«, entgegnete Anthony überrascht.
»Er hat seine Passage storniert, nachdem er sich für die

Ryndam entschieden hat, die am selben Tag in Plymouth ausläuft. Sie fährt von Rotterdam nach New York, macht aber in Plymouth Zwischenstation.«
»Ausgezeichnet!« erwiderte Anthony, und sein Gesicht hellte sich auf, doch er erklärte dem verdutzten Angestellten nicht, was er ausgezeichnet fand.
Er hatte einen Plan, aber wenn das Schiff in Southampton abgelegt hätte, wäre er nicht zu verwirklichen gewesen. Plymouth war genau der Hafen, der ihm am liebsten gewesen wäre, weil er die besten Voraussetzungen bot. Hier legten die großen Ozeandampfer nicht längsseits am Pier an, sondern ankerten draußen im Hafenbecken und konnten nur mit Zubringerbooten erreicht werden. In der Nacht vor dem Auslaufen fuhr er nach Plymouth und gab seinen Vorkehrungen den letzten Schliff.
»Ich habe das Motorboot«, berichtete er Paul, als er spätabends ins Hotel zurückkehrte. »Und stell dir vor, in der Wettervorhersage für diese Region heißt es, daß morgen leichter Nebel herrschen wird. Wenn er sich nur hält, dann ist alles in bester Ordnung.«
Am nächsten Tag um ein Uhr mittags stiegen die Reisenden aus dem Zubringerbus und strömten in Scharen zu dem Schiff, das auf sie gewartet hatte, um sie zum Ozeandampfer zu fahren, der nun an der Hafeneinfahrt lag. Wie Anthony gehofft hatte, waren dicke Nebelschwaden über dem Wasser, und Dr. van Zile, der mit seinen Begleitern nahe der Gangway stand, entdeckte seinen Nachbarn nicht, als dieser dicht an ihm vorüberging. Das lag weniger an der Undurchdringlichkeit des Nebels als vielmehr daran, daß Anthony den Mantelkragen hochgeschlagen hatte und nur noch seine Nasenspitze sichtbar war. Zwei der Männer, die sich in der Begleitung des Doktors befanden, erkannte der Mixer als die Preisboxer wieder. Ihre Physiognomie war unverwechselbar. Der dritte, offensichtlich der Passagier des Flugzeugs, war ein großer dunkelhaariger Mann mit harten Gesichtszügen und schroffem Gebaren.

Ihm gegenüber benahm sich van Zile fast unterwürfig, was vielleicht sogar verständlich war, denn der Fremde war der Großherzog von Hardt-Baden. Er befand sich auf dem Weg nach Westen, in die Neue Welt, wo rege Nachfrage nach altem Schmuck und nahezu unbezahlbaren gefaßten Edelsteinen herrschte.

»Sie wissen, Doktor«, sagte der Großherzog, »daß die zweite Sendung in einer Woche eintreffen wird.«

»Ja, Hoheit«, antwortete der Doktor mit unterwürfiger Stimme.

»Sie muß ebenfalls nach New York gebracht werden; dort werde ich sie persönlich in Empfang nehmen.«

Die Sirene heulte auf, und das Begleitschiff bewegte sich auf die Mitte des Hafenbeckens zu.

»Es ist sehr neblig«, sagte der Großherzog. Ihn fröstelte, und er schlug den Kragen seines Mantels hoch. »Ich frage mich, warum dieses Motorboot uns folgt.«

Er stand an der Reling. Die Öffnung, durch die man die Gangway geschoben hatte, war noch nicht geschlossen worden, und er befand sich ihr ein wenig zu nahe. Bevor Dr. van Zile etwas erwidern konnte, prallte jemand gegen den Großfürsten, und mit einem Aufschrei, seine Tasche aber fest umklammernd, stürzte dieser über die Seitenwand des Schiffes und verschwand in den Fluten. Anthony hatte sich innerhalb von Sekunden seines Mantels entledigt und folgte ihm mit einem Kopfsprung. Er war noch unter Wasser, und Anthony hatte ihm mit einem einzigen schnellen Ruck die Tasche entrissen.

Der Großherzog schlug wild um sich und kam brüllend an die Oberfläche. Doch der Mann, der seine Tasche in dem acht Fuß tiefen Wasser des Hafenbeckens an sich gebracht hatte, wurde in diesem Augenblick verstohlen in das Motorboot gezogen. Sein Motor war abgestellt worden, und so blieb es zusehends zurück.

Zu dem Zeitpunkt, da sich der Großherzog wieder an Bord befand, war es bereits außer Sicht, und niemand hatte bemerkt, daß jetzt ein Mann mehr darin war.

»Passagier eines Transatlantik-Dampfers in Plymouth ertrunken«, las Anthony in der Londoner Abendzeitung. »Ich nehme an, das bin ich.«

Der Professor

Die Anglo-American Sugar Society wurde ins Leben gerufen, weil der Mixer es für wünschenswert hielt, seine Aktivitäten hinter der Fassade einer ehrbaren Beschäftigung zu verbergen. In der Broad Street hatte er ein kleines Büro gemietet und es solide und bequem eingerichtet. Dort ging er also unter anderem mehr oder weniger planlos den Geschäften eines Brokers nach, der im Kundenauftrag Zucker an- und verkaufte.

Paul hatte, bevor er in die Armee eingetreten und Soldat geworden war, einige Erfahrungen in der Zuckerbranche gesammelt, und so waren ihm die Gepflogenheiten des Gewerbes nicht ganz unbekannt. Merkwürdigerweise kamen so viele Aufträge, daß es unerläßlich wurde, eine Schreibkraft einzustellen.

Eine junge Frau folgte der anderen, und alle waren sie bemüht, ihr Bestes zu tun. Sie tippten mit großem Eifer und einem Fünftel der Finger, mit denen die Natur sie ausgestattet hatte. In der Regel blieben sie nicht länger als vier Tage, weil sie Anthony den letzten Nerv raubten.

Und dann kam Agnes Stillington. Es war einige Zeit vergangen, seit der Mixer sie aus Milwaukee Megs Fängen befreit und vor den Aufmerksamkeiten eines Verehrers namens van Deahy gerettet hatte. Aber Paul merkte an seinem Gesichtsausdruck, daß es noch nicht lange her sein konnte, seit sie aus seiner Erinnerung entschwunden war, falls er sie überhaupt vergessen hatte.

Und als auch Miss Stillington den Mixer mit der ihr eigenen stillen, doch offenkundigen Freude wiedererkannte, war Paul nicht im mindesten überrascht, daß sie sofort genommen wurde.

»Wie macht sie sich?« erkundigte sich Anthony am zweiten Tag nach ihrer Einstellung. Paul hatte in seiner Eigenschaft als Geschäftsführer die Angelegenheiten der Firma verwaltet, während Anthony außer Haus Nachforschungen anstellte, die mit Geschäften ganz anderer Art in Zusammenhang standen.

»Ich muß dir leider sagen, schlecht«, antwortete Paul. »Sie ist ein so nettes Mädchen, und ...«

»Unsinn«, unterbrach ihn Anthony grob. »Laß ihr Zeit. Sie ist noch nervös und unsicher.«

»Gefühlsregungen im Geschäftsleben fordern die Katastrophe geradezu heraus«, erwiderte Paul. »Das hast du mir gepredigt, als ich es nicht übers Herz brachte, der letzten den Laufpaß zu geben. Du hast gesagt, ich sei ein Feigling, andernfalls hätte ich sie längst hinauskomplimentiert.«

»Miss Stillington ist ganz anders«, sagte daraufhin Anthony und verließ das Zimmer. Paul, der ihm schweigend nachsah, dachte, daß sie das wohl sein mußte.

Am vierten Tag, als Anthony nachdenklich die Briefe betrachtete, die er selbst diktiert hatte und die von Fehlern wimmelten, nahm er seinen ganzen Mut zusammen und bat sie zu sich. Wenn er nicht mit ihr sprach, würde Paul es tun müssen, und er hatte das Gefühl, der Situation wesentlich besser gewachsen zu sein.

»Es ist alles in Ordnung, Miss Stillington«, sagte er gleich, als sie sein Zimmer betrat. »Ich möchte nur erwähnen ... äh ... die Briefe ...«

Mit Erstaunen und Bestürzung sah er, daß sie in Tränen ausbrach.

»Ich weiß«, sagte sie, nachdem sie sich wieder gefaßt hatte, »meine Rechtschreibung ist grauenhaft.«

»Aber nein, gar nicht«, protestierte er. »Es ist nur so, daß ... vielleicht ...«

»Ich weiß, daß es so ist ... aber ich brauche eine Arbeit,

und nach dieser schlimmen Erfahrung mit Mrs. Morrison hatte ich Angst, wieder so eine Stellung anzunehmen . . .«
Nach und nach brachte er ihre Geschichte aus ihr heraus.
Ihr Vater war ein wohlhabender Holzhändler gewesen, jedoch mit einer Schwäche für das Glücksspiel. Aber er war ein besonnener Mann und verlor selten hohe Summen, so daß sie sich, als er unerwartet starb, keine Sorgen um die Zukunft machte. Als dann allerdings sein Testament verlesen wurde, stellte sich heraus, daß er ihr nur eine sehr geringe Summe zugedacht hatte – fünfundzwanzig Pfund jährlich. Den Rest seines Vermögens hatte sein »Freund und Geschäftspartner William Orlando Branson« erhalten.
»Branson?« fragte Anthony. »Es handelt sich doch nicht etwa um Branson, den Gauner, der wegen Betreibens eines illegalen Spielsalons zu einer Geldbuße verurteilt wurde?«
»Genau der ist es. Ein gräßlicher Mensch.«
»Aber was hat Ihren Vater bewogen, ein solches Testament zu machen?«
Sie schüttelte den Kopf. »Ich tappe genauso im dunkeln wie Sie. Das ist kein Märchen, Mr. Smith; Sie können überall Erkundigungen einziehen, und Sie werden feststellen, daß ich die Wahrheit sage.«
»Das weiß ich«, erwiderte er mit sanfter Stimme. »Haben Sie noch Verwandte?«
»Eine Schwester; sie ist ein Jahr jünger als ich.«
»Sind Sie beide berufstätig?«
»Nein, ich arbeite, um unseren Lebensunterhalt zu verdienen«, antwortete sie mit einem schwachen Lächeln. »Und das mehr schlecht als recht, werden Sie jetzt wohl denken. Meine Schwester Elsie kümmert sich um den Haushalt in unserer kleinen Mietwohnung. Außerdem strickt sie Pullover und erhält sechs Shilling für jedes fertige Stück.«

»Und Mr. Branson hat sich, wie ich vermute, in Ihrem Haus einquartiert und benutzt Ihr – besaß Ihr Vater ein Auto?«
»O ja«, sagte sie bitter. »Und darüber hinaus hat er zweihunderttausend Pfund hinterlassen.«
Sie erhob sich erschöpft. »Ich nehme an, ich bin gekündigt?«
»Wo denken Sie hin«, erwiderte Anthony lächelnd. »Es sieht so aus, als wären Sie eine sehr vielversprechende Investition. Doch wie auch immer, Sie können bleiben, solange Sie wollen.«
Aus irgendeinem unerfindlichen Grund errötete sie, statt ihm zu danken, und es gefiel ihm.
Als Anthony am Abend Paul die Geschichte erzählte, die das Mädchen ihm anvertraut hatte, war er bester Laune.
»Natürlich kennt jeder in der Stadt Branson, und ich erinnere mich noch gut daran, wie er über Nacht zu ziemlich viel Geld kam.«
»Es wurde gemunkelt, er habe eine größere Summe geerbt«, sagte Paul. »Aber damals dachte ich, das sei eine Umschreibung dafür, daß er einen reichen Tölpel gefunden und ihn ausgenommen hatte.«
Anthony rieb sich nachdenklich das Kinn. »Mein Freund«, erklärte er nach einer Weile, »das ist eine Angelegenheit, die einer unverzüglichen Regelung und Berichtigung bedarf. Mir wird ganz schlecht bei dem Gedanken, daß Branson sich ein herrliches Leben mit Geld macht, das sich eigentlich« – er hätte beinahe »in meinen« gesagt, bemerkte es aber im letzten Augenblick – »in Händen des rechtmäßigen Besitzers befinden sollte. Ich werde versuchen, meinen Freund Inspektor Timms zu erwischen, um in Erfahrung zu bringen, was man über diese Bedrohung für die Gesellschaft weiß.«
Er hatte die Bekanntschaft eines Inspektors von Scotland Yard gemacht und herausgefunden, daß diese Beziehung sehr nützlich sein konnte, denn der Inspektor besaß Informationen über nahezu jeden Schurken in London und

kannte sein Einkommen praktisch bis auf den letzten Penny.
»Ob ich schon mal etwas von Branson gehört habe?« sagte der Inspektor mitleidig lächelnd. »Gibt es in London irgend jemanden, der nicht von ihm gehört hätte? Er ist ein übler Bursche, Mr. Smith, ein verdammt übler Bursche! Wir haben damals nachgeforscht, woher sein plötzlicher Reichtum stammte. Er bewohnt ein großes Haus in Penge und besitzt mehrere Autos. Zu unserer Überraschung mußten wir entdecken, daß ihm dieses Geld tatsächlich von irgendeinem alten Narren vererbt wurde; wahrscheinlich konnte er ihn mit Hilfe einer List dazu bringen, ein Testament zu seinen Gunsten zu machen.«
»Ist er wirklich so übel?«
»Abschaum, wie er im Buche steht. Ich kann wohl sagen, daß mir in meinem Leben kein üblerer Kerl begegnet ist. Er ist ein Mann, der keine Skrupel kennt, kein Gefühl für Anstand hat und sich nicht einmal an den Ehrenkodex hält, den es in Diebeskreisen geben soll.«
»Damit nehmen Sie mir auch den letzten Zweifel. In Penge lebt er, sagten Sie?«
»Kennen Sie die Straße, in der sich der Crystal Palace befindet? In der wohnt er. Mir fällt der Name im Moment nicht ein. Es ist ein wunderschönes Haus, viel zu schön für Branson.«
»Damit haben Sie recht. Ich stimme da ganz mit Ihnen überein.«
Anthony arbeitete seinen Plan sorgfältig aus. Zwei Tage später, als es sich Mr. Branson gerade in seinem Sessel bequem machte, einen Whisky-Soda auf der einen und eine Kiste Zigarren auf der anderen Seite, meldete das Hausmädchen einen Besucher.
Mr. Branson war ein großer, kräftiger Mann, der zur Fülle neigte. Er hatte ein gerötetes Gesicht und Augen mit schweren Lidern. Die gesicherten finanziellen Verhältnisse und die Befreiung von der Angst vor polizeili-

cher Nachstellung hatten zur Entstehung eines Doppelkinns beigetragen, dem sich in Kürze eine dritte Schicht hinzugesellen würde.
Er blickte mit anzüglichem Grinsen auf das Mädchen, das ihm den Besuch gemeldet hatte.
»Führ ihn herein, Minnie. Jemand, den ich kenne?«
»Nein, Sir. Es ist ein junger Mann.«
»Bring ihn herein.«
Der Besucher war jung und wirkte sehr entschlossen. Den Bleistiften und Kugelschreibern nach zu urteilen, die aus der linken oberen Westentasche herausragten, zählte er offenbar zu den Mitgliedern der schreibenden Zunft, und seine ersten Worte bestätigten diese Vermutung.
»Guten Morgen, Mr. Branson. Ich komme vom *Post-Herald* und würde mich gerne mit Ihnen unterhalten.«
»Mit mir?« Branson setzte sich überrascht auf, denn man hatte ihn bisher noch nie gebeten, seine Ansichten über aktuelle Themen der Presse gegenüber zu äußern.
»Wir sind einer ziemlich merkwürdigen Geschichte auf der Spur. Ist Ihnen der Name Professor Jelby ein Begriff?«
»Nein, den hab ich noch nie gehört.«
»Nun, offensichtlich sind Sie ihm aber kein Unbekannter«, sagte der Reporter bedächtig, und Mr. Branson wurde plötzlich ernst, denn es gefiel ihm gar nicht, was er da hörte. Das klang irgendwie nach Unannehmlichkeiten und Ärger.
»Nein, ich habe nie etwas von ihm gehört«, wiederholte er. »Was macht er denn beruflich?«
»Er war einer der größten Chirurgen. Seine Operationen waren in ganz Europa berühmt. Aber Kriegserlebnisse und häusliche Schwierigkeiten trübten seinen brillanten Geist vor einigen Jahren, und seither ist er in einer Anstalt für Geisteskranke.«
»Großer Gott«, sagte Mr. Branson und tat bestürzt.
»Nun, unsere Redaktion erhielt vor einigen Tagen einen

Brief von ihm, in dem er schwere Beschuldigungen gegen Sie erhebt.«
»Gegen mich?«
»Gegen Sie«, wiederholte der Reporter. »In dem Schreiben heißt es, Sie seien der verabscheuungswürdigste Mensch der Welt und außerdem herzlos.«
Mr. Branson brach in schallendes Gelächter aus. »Herzlos?«
»Das hat er wörtlich geschrieben«, sagte der Reporter. »Es gibt offenbar einen Grund, warum er so schlecht auf Sie zu sprechen ist. Ich will auf folgendes hinaus, Mr. Branson. Der Professor ist geflohen.«
»Aus der Irrenanstalt?«
»Ja.«
»Und was geht mich das an?«
»Nun, wir waren der Meinung, daß wir Sie warnen sollten.«
»Blödsinn!« erwiderte Mr. Branson mit lauter Stimme, und er meinte, was er sagte. »Solche Leute haben mir noch nie Kopfzerbrechen bereitet. Weiß Gott nicht! Trotzdem danke, daß Sie gekommen sind. Darf ich Ihnen etwas zu trinken anbieten?«
»Nein, danke. Möchten Sie unseren Lesern nicht sagen, was Sie von dieser Sache halten?«
»Das könnte ich mit einem halben Dutzend Worten«, antwortete Mr. Branson lachend. »Aber dann wären Sie geschockt. Warum hat er mich denn nun auf dem Kieker?«
Auf diese Frage hatte der Reporter gewartet. »Er behauptet, Sie hätten seine Nichte, Miss Stillington, um ihr Vermögen gebracht, oder genauer gesagt, die Schwestern Stillington«, korrigierte er sich selbst, denn er hatte in die strahlenden Augen von Elsie Stillington geblickt und war sichtlich verwirrt gewesen.
Mr. Branson wechselte die Farbe; sein Gesicht wurde knallrot, und trotz seiner bekundeten Rücksichtnahme auf die Gefühle seines Besuchers stieß er ein halbes Dut-

zend Kraftausdrücke aus. Der Reporter verabschiedete sich eilends und begab sich zu dem jungen Mann, der unweit der Bahnstation Crystal Palace auf ihn wartete.
»Ich glaube nicht, daß wir aus dem Kerl etwas herausbringen, der ist unerbittlich«, sagte Paul, denn er war der Reporter gewesen.
»Hast du ihm von dem Professor erzählt?«
»Ja, ich habe ihm alles erzählt, was du mir aufgetragen hast.«
»Sehr gut.«
»Was machen wir jetzt?«
»Wir werden mit Miss Stillington und ihrer Schwester zu Mittag essen. Ich habe gehört, daß du Elsie gestern ausgeführt hast.«
Paul murmelte etwas vor sich hin.
»Ich werde Sandy zu der Farm verhelfen, von der er immer geträumt hat«, sagte der Mixer gleich darauf. »Ja, sehr bald schon. Und du ... du bist ein äußerst brauchbarer Assistent für ein Schlitzohr wie den Mixer, aber als Partner in einem ehrbaren Geschäft geradezu ideal.«
»Was heißt das? Denkst du etwa daran ...«
»Ich denke daran, wie hübsch sie ist«, sagte Anthony träumerisch.
»Ja, nicht wahr? Ich habe ihr gestern erzählt ...«
»Wem hast du was erzählt?« unterbrach ihn Anthony scharf.
»Miss Stillington – der hübschen Miss Stillington, Elsie.«
»Die hübsche Miss Stillington, mein Lieber, ist unsere Miss Stillington«, entgegnete er in so bestimmtem Ton, daß das Thema damit beendet war.
Auf dem Weg zu dem Restaurant, in dem sie mit den Damen verabredet waren, schilderte Anthony in groben Zügen seinen Plan.
»Es könnte klappen oder auch nicht, aber ich habe die Schenkungsurkunde für den Fall, daß wir sie brauchen, schon mal aufgesetzt. Branson hat die Angewohnheit,

sich bis drei Uhr morgens in seinem sogenannten Arbeitszimmer mit billigem Whisky vollaufen zu lassen, und er geht immer als letzter zu Bett. Das Arbeitszimmer grenzt an den Wintergarten. Dort ist ein Rolladen angebracht, und dahinter befindet sich eine Balkontür; beides läßt sich spielend leicht öffnen, wenn man ein wenig nachhilft. Wie dem auch sei, ich werde mein Glück versuchen.«

»Wie hast du das alles herausgefunden?« fragte Paul erstaunt.

»Während du Seine Hoheit interviewt hast, hat mich der Gärtner auf dem Anwesen herumgeführt. Der gute Mann hegt einen heimlichen Groll gegen seinen Arbeitgeber und zögerte nicht, auszupacken.«

Mr. Branson pflegte, wie der Mixer ganz richtig gesagt hatte, seine Abende in Klausur zu verbringen und über seine zahlreichen Tugenden nachzusinnen. Er gehörte nicht zu den Männern, denen der Alkohol die Sinne benebelte. Schon seit frühester Jugend konnte er große Mengen vertragen. Der Alkohol versetzte ihn in eine angeregte Stimmung und brachte ihm die dumpfen Schatten gestorbener Romanzen zurück. Er beschwor die blassen Geister einer anderen Zeit herauf, von denen es ihm die meisten nicht dankten, daß er sie an ihre Bekanntschaft mit ihm erinnerte.

So gegen eins, er döste gerade ein bißchen vor sich hin, drang ein klickendes Geräusch in sein Bewußtsein, das sich anhörte, als werde eine Tür abgeschlossen. Er dachte, es sei das Hausmädchen, und öffnete blinzelnd die Augen. Was er sah, ließ ihn hochfahren, und sein Gesicht wurde aschgrau.

In der Tür stand ein großer bleicher Mann, dessen weißes Haar bis zu den Schultern ging. Er trug eine schwarze Kutte, sein Gesicht war schneeweiß, und seine Augen starrten ihn mit einem haßerfüllten Funkeln an.

Mr. Branson sah sich hilfesuchend um. Der Rolladen, der den Ausblick vom Arbeitszimmer auf den Wintergarten

versperrte, klaffte weit auseinander, und die Eisenstange, mit der er befestigt war, hing herunter.
»Was . . . was wollen Sie?« keuchte er, und seine Augen quollen hervor bei dem Anblick des langen glänzenden Messers in der Hand des Eindringlings.
»Ich bin Professor Jelby«, sagte der Mann mit hohler Stimme, »und wenn Sie auch nur einen Laut von sich geben, bringe ich Sie um.«
In der Mitte des Zimmers stand ein langer Eichentisch, auf dem Magazine und Zeitungen lagen. Mit einer Handbewegung fegte der alte Mann sie zu Boden.
»Kommen Sie her!« zischte er, und Mr. Branson gehorchte mit zitternden Beinen und Knien, die ihm den Dienst zu versagen drohten. »Legen Sie sich auf den Tisch.«
»Warum?«
»Tun Sie, was ich Ihnen sage.«
Branson zog sich mit einem Ächzen hoch und legte sich auf den Tisch. Dann wurde sein linkes Handgelenk ergriffen, und er spürte, wie ein Strick herumgewickelt und festgezogen wurde. Er war wie gelähmt vor Angst und wagte nicht, sich zu rühren, denn er war ein Gauner und kein gewalttätiger Verbrecher. Der Eindringling ging zur anderen Seite des Tisches hinüber und fesselte das zweite Handgelenk auf gleiche Weise. Dann band er die Beine seines Opfers zusammen.
»Was haben Sie vor?« fragte Branson mit klappernden Zähnen. »Ich weiß nicht, was Sie im Sinn haben – Sie sollten mir nicht die Schuld an Stillingtons Entscheidung geben.«
Der alte Mann hielt inne.
»Ich wollte Ihnen das Herz aus dem Leib schneiden«, sagte er mit ruhiger Stimme, »aber ich werde es nicht finden. Jemand wie Sie hat kein Herz.«
»Was!« kreischte Branson, und dann wurde ihm ein Tuch um den Mund gebunden.
Der Professor griff nach seiner Tasche und öffnete sie. In

ihr waren glitzernde, funkelnde Instrumente, und Bransons angsterfüllte Augen verfolgten jede seiner Bewegungen.
»Als erstes werde ich hier eine Linie mit der Messerspitze ziehen«, sagte der Professor in zwanglosem Plauderton, während er mit flinken, geschickten Fingern das Hemd des Opfers aufknöpfte.
»Warten Sie, warten Sie!« rief Branson mit erstickter, kaum vernehmbarer Stimme.
Professor Jelby ließ das Hemd los. »Sie erzählen mir jetzt augenblicklich, wie Sie Stillington dazu gebracht haben, dieses Testament zu unterzeichnen.«
Mr. Branson dachte eine Weile nach.
»Er hat es aus freien Stücken getan.«
»Sie lügen«, zischte der alte Mann, »und weil Sie lügen, werde ich Ihr Herz suchen, denn es wird mir die Wahrheit offenbaren.«
Branson überlegte fieberhaft. Der Mann war irre und würde seine Drohung zweifellos wahrmachen; er besaß die Intuition eines Geisteskranken und wußte, wann jemand log oder die Wahrheit sagte.
Was macht es schon aus, wenn ich ihm reinen Wein einschenke? dachte er plötzlich. Wer würde denn dem Wort eines Irren Glauben schenken?
»Halt, warten Sie«, keuchte er. »Ich werde es Ihnen sagen. Stillington war eine harte Nuß. Ich hätte ihm das Geld nie abknöpfen können. Wenn ich ihn dazu brachte, einen Scheck zu unterzeichnen, dann ließ er ihn am nächsten Morgen sperren. Eines meiner Mädchen brachte mich auf die Idee mit dem Testament, und mit Hilfe eines Winkeladvokaten setzten wir es auf. Eines Nachts, als wir Stillington betrunken gemacht hatten, schrieb er im Beisein eines Zeugen seinen Namen unter das Schriftstück.«
»Das war eine Straftat«, sagte der Professor streng.
»Vielleicht«, erwiderte Branson. »Ich dachte, er würde sich am nächsten Tag daran erinnern, aber zum Glück tat

er es nicht. Er fühlte sich an diesem Morgen krank, und ein paar Tage später starb er.«

»Ist das die Wahrheit?«

»Das ist die Wahrheit.«

»Dann werde ich Sie jetzt losbinden, da ich erkenne, daß Sie nicht gelogen haben.«

Branson war verblüfft. Er traute seinen Ohren nicht, aber die Stricke wurden tatsächlich gelöst. Sofort setzte er sich auf und glitt auf die Füße.

Der Professor hatte sein Messer auf den Tisch gelegt, und plötzlich sprang Branson vor und ergriff es.

»Jetzt sind Sie dran!« rief er triumphierend. »Sie verdammter Irrer!«

»Sie haben ein Geständnis abgelegt«, sagte der Professor mit feierlichem Ernst.

»Ein Geständnis! Gegenüber einem Geisteskranken, ohne Zeugen! Wer wird Ihnen schon glauben?«

Er vernahm ein Geräusch hinter sich und wirbelte herum. In der Balkontür stand ein Mann und hielt ein geöffnetes Notizbuch in der Hand.

»Der Reporter!« stieß Branson nach Luft schnappend aus.

»Nein, nicht Reporter«, erwiderte der Mann. »Ich bin Inspektor Timms von Scotland Yard und verhafte Sie wegen Anstiftung zu einem arglistigen Betrug.«

Mr. Branson wurde totenbleich und sank in seinen Sessel.

»Ich sehe, das war eine Falle. Aber Sie müssen mir erst mal eine Straftat nachweisen. Man hat mich bedroht, um das Geständnis aus mir herauszupressen. Es ist nicht rechtsgültig. Ich kenne mich gut genug mit dem Gesetz aus, um das zu wissen.«

»Leider hat eines Ihrer Mädchen, wie Sie sie zu nennen pflegen, bereits ein Geständnis abgelegt«, erwiderte Paul verbindlich.

»Grace!« rief Branson und fluchte. »Ich wußte, daß sie nicht dichthalten würde.«

»Richtig, Grace!« bestätigte Paul. »Was soll ich jetzt mit diesem Mann machen?«
»Halt, warten Sie, warten Sie. Wenn Sie mir eine Chance geben, ungeschoren davonzukommen, dann werde ich den Schaden wiedergutmachen.«
»Das können Sie auf der Stelle tun«, sagte der Professor, der seine Perücke abgelegt hatte und nun mit einem Taschentuch die Farbe von seinem Gesicht wischte.
Er zog ein Papier aus seiner Tasche und warf es auf den Tisch.
»Hier ist die Schenkungsurkunde, mit der Sie alles, was Ihnen der verstorbene Joseph Stillington vermacht hat, seinen beiden Töchtern zu gleichen Teilen übertragen.«
»Angenommen, ich weigere mich zu unterschreiben?«
Anthonys Augen verengten sich zu Schlitzen. »Ich spiele hier kein Theater mit Ihnen, Branson. Und ich sage Ihnen eines: Wenn Sie nicht unterschreiben, dann werden Sie es Ihr Leben lang bedauern, daß ich Sie nicht doch operiert habe.«
Eine Minute später war das Dokument von Branson und, wie es das Gesetz erfordert, einem Zeugen unterzeichnet.
»Sollte es Ihnen einfallen, die Schenkung morgen früh für ungültig erklären zu lassen, dann werde ich Ihnen jetzt sagen, was Sie erwartet. Dieser Mann ist ebensowenig ein Inspektor, wie ich Professor bin.«
»Wer sind Sie?« fragte Branson.
»Man nennt mich ›Der Mixer‹, und ich denke, ich bin so weit gegangen, wie es gerade noch zulässig ist. Ich habe nicht die mindeste Lust, eine Gefängnisstrafe abzusitzen, vor allem, da sich mein Bankkonto derzeit in einem Zustand befindet, dem Tugendhaftigkeit im Höchstmaß förderlich ist. Ich habe alle Vorkehrungen getroffen, um das Land in einem Monat zu verlassen, und« – er machte eine Pause – »eine Frau wird mich begleiten. Deshalb werden Sie einsehen, wie wichtig es für mich ist, daß Sie morgen nicht auf dumme Gedanken kommen.«

Mr. Bransons Augen wurden ausdruckslos, und er lächelte. »Ich verstehe.«
»Also werde ich Sie morgen und übermorgen und am darauffolgenden Tag scharf im Auge behalten, und beim ersten Anzeichen, daß Sie mich hintergehen, werde ich mich auf Tuchfühlung an Sie heranschleichen und Ihnen eine Kugel durch die Wirbelsäule jagen. Habe ich mich klar ausgedrückt?«
Mr. Branson versuchte zu sprechen, aber es fehlten ihm die Worte.
»Ich werde Sie nicht hintergehen«, stammelte er schließlich, und er meinte es ehrlich.
Was noch wichtiger war, er hielt Wort.

Inhalt